국어과 선생님이 뽑은

한국문학읽기
세계문학읽기
한국고전읽기

O.헨리 - 마지막 잎새 크리스마스 선물 20년후 경관과 찬송가 시인과 농부 인생은 연극이다 붉은 추장의 몸값 사랑의 심부름꾼 운명의 길 잘 손질된 램프 모파상 - 목걸이 비곗덩어리 테리에 집 쥘르 삼촌 의자 고치는 여인 두 친구 포우 - 검은 고양이 어셔 가의 몰락 도둑 맞은 편지 모르그 가의 살인 사건 황금벌레 톨스토이 - 사람은 무엇으로 사는가 바보이반 두 노인 불은 놓아두면 끄지 못한다 사랑이 있는 곳에 신도 있다 노신 - 아Q정전 광인 일기 고향 공을기 약 명일 모파상 - 귀여운 여인 다락방이 있는 집 상자 속에 든 사나이 개를 데리고 다니는 여인 약혼녀 알퐁스 도데 - 별 마지막 수업 산문으로 쓴 환상시 노인들 당구 스갱 씨의 산양 크리스마스 이야기 코르니유 영감의 비밀 치즈가 든 수프 마지막 책 알제리 저격병 거울 세 번의 경고 알퇼 고황님이 돌아가셨다 조그만 파이 프랑스의 요정 8호 막사의 음악회 O.헨리 - 마지막 잎새 크리스마스 선물 20년후 경관과 찬송가 시인과 농부 인생은 연극이다 붉은 추장의 몸값 사랑의 심부름꾼 운명의 길 잘 손질된 램프 모파상 - 목걸이 비곗덩어리 테리에 집 쥘르 삼촌 의자 고치는 여인 두 친구 포우 - 검은 고양이 어셔 가의 몰락 도둑 맞은 편지 모르그 가의 살인 사건 황금벌레 톨스토이 - 사람은 무엇으로 사는가 바보이반 두 노인 불은 놓아두면 끄지 못한다 사랑이 있는 곳에 신도 있다 노신 - 아Q정전 광인 일기 고향 공을기 약 명일 모파상 - 귀여운 여인 다락방이 있는 집 상자 속에 든 사나이 개를 데리고 다니는 여인 약혼녀 알퐁스 도데 - 별 마지막 수업 산문으로 쓴 환상시 노인들 당구 스갱 씨의 산양 크리스마스 이야기 코르니유 영감의 비밀 치즈가 든 수프 마지막 책 알제리 저격병 거울 세 번의 경고 알퇼 고황님이 돌아가셨다 조그만 파이 프랑스의 요정 8호 막사의 음악회 O.헨리 - 마지막 잎새 크리스마스 선물 20년후 경관과 찬송가 시인과 농부 인생은

국어과 선생님이 뽑은 포우 단편선

검은 고양이 & 어셔가의 몰락

dskimp2004@yahoo.co.kr 엮음

북·앤·북

국어과 선생님이 뽑은 포우 단편선
검은 고양이 & 어셔가의 몰락 외

초판 1쇄 ㅣ 2008년 9월 15일 발행

지은이 ㅣ 에드거 앨런 포우
옮긴이 ㅣ 김병철
엮은이 ㅣ dskimp2004@yahoo.co.kr
교 정 ㅣ 이정민
디자인 ㅣ 인지숙
일러스트 ㅣ 이혜인 · 최유경
펴낸이 ㅣ 이경자
펴낸곳 ㅣ 북앤북

주소 ㅣ 서울 마포구 망원1동 380-57
전화 ㅣ 02-336-9948
팩시밀리 ㅣ 02-337-4315
등록 ㅣ 제 313-2008-000016호

ISBN 978-89-89994-45-9 03840
잘못된 책은 구입하신 서점에서 바꾸어 드립니다.

이 책에 수록된 작품은 〈동서 그레이트북〉 시리즈로
번역된 것을 개정·편집하였으며 표기는 '한글 맞춤법' 과
'외래어 표기법' 을 따랐습니다.

검은 고양이 & 어셔 가의 몰락을

에게 드립니다

에드거 앨런 포우

검은 고양이 · 어셔가의 몰락 外

알코올 중독에 빠진 내 병은 점점 악화되고

마침내 이제는 막바지에 이르러

괜히 조그만 일에도 발끈하며

플루토에게까지 손을 휘두르게 되었다.

검은
고양이

검은 고양이

　이제부터 펜을 들어 기록하려는 매우 끔찍하지만 있는 그대로의 이야기에 대하여 나는 다른 사람들이 믿어주기를 기대하지도 않을 뿐더러 믿어달라고 간청하지도 않는다. 직접 겪은 나의 감각기관마저도 그것을 부인하고 싶은데, 다른 사람들에게 믿어달라는 것은 참으로 미친 짓일 것이다. 나는 아직 미친 것도 아니고 꿈을 꾸고 있는 것도 분명 아니다. 그러나 나는 내일이면 이 세상을 떠날 처지다. 그래서 오늘은 내 마음의 무거운 짐을 모두 내려놓고자 한다. 이 글을 쓰는 목적은 평범한 가정에서 일어난 놀라운 사건을 솔직하고 간결하게 지루한 설명은 생략하고 세상 사람들 앞에 털어놓고 싶어서다.

　결국 이 사건은 나에게 공포와 번민을 주고, 나를

파멸시켜 버렸다. 아직 나는 그 이유를 설명하고 싶지는 않다. 그 사건은 나에겐 다만 공포감을 주었을 뿐이지만, 다른 사람들에게는 공포감보다는 오히려 기이한 느낌을 줄지도 모른다.

이성적으로만 본다면 내가 이제부터 두려운 마음으로 자세히 털어놓고자 하는 이야기의 전말은 극히 당연하고 평범한 인과관계의 연속으로밖에 생각되지 않아, 나의 환상이 평범하게 여겨질지도 모르겠다.

어렸을 때부터 나는 온순하고 인정이 많은 성격이었다. 이런 성격의 유약한 특성은 친구들의 놀림거리가 될 만큼 심했다. 유별나게 동물들을 좋아하는 나를 위해 부모님은 여러 가지 동물들을 사다주시곤 했다. 나는 대부분의 시간을 이 동물들과 더불어 보냈으며, 그들에게 먹을 것을 주거나 머리를 쓰다듬어 줄 때가 내게는 가장 즐거운 시간이었다.

이러한 취미는 자라면서 더욱 깊어졌고 내가 성인이 되어서도 중요한 오락의 하나가 되었다. 주인에게 충실하고 영리한 개에게 애정을 느껴본 사람들에게는 동물들로부터 나오는 만족감이 어떤 것인지 또 얼마나 강렬한 것인지 구구하게 설명할 필요는 없을 것이다.

사람의 변변치 못한 우정과 경박함에 신물이 난 사람들은 동물의 비이기적이고 희생적인 사랑에 마음의 감동을 받곤 한다.

나는 일찍 결혼했는데 다행히 아내의 성격도 나와 비슷했다. 내가 동물을 좋아하는 것을 보고 아내는 기회만 있으면 귀여운 동물들을 사들였다. 그 수가 늘어 새, 금붕어, 개, 토끼, 작은 원숭이, 그리고 고양이에까지 이르렀다.

고양이는 굉장히 크고 아름다우며 전신이 까맣고 놀랄 만큼 영리한 녀석이었다. 무슨 얘기 끝에 그 녀석이 영리하다는 얘기가 나오면 적잖이 미신을 믿고 있던 아내는,

"검은 고양이는 변신한 마녀래요!"

하며 옛 전설을 이야기하곤 하였다. 이 말은 아내가 늘 그런 데에 관심을 가졌다고 하는 건 아니다. 다만 그런 생각이 언뜻 떠오르니까 말할 뿐이지 특별한 이유가 있어서 그런 것은 아니었다.

플루토(지옥의 왕)—이것이 고양이의 이름이었다.—는 마음에 드는 놀이 상대였다. 나만이 음식을 주었으며 집안 어디서든 늘 내 뒤를 졸졸 따라다녔다. 내가 외출할 때에는 거리로 따라오지 못하게 하기 위해

여간 힘들이지 않으면 안 되었다. 이처럼 나와 고양이는 수년 동안 친밀하게 지냈다.

그런데 고백하기 부끄러운 일이지만 그동안 내 기질과 성격은 폭음의 결과로 극도로 악화되었다. 내 성격은 날이 갈수록 침울해졌고 아무렇지도 않은 일에도 공연히 발끈하며 다른 사람의 감정 같은 것은 염두에도 두지 않게 되었다. 아내에게 욕설까지 퍼붓고 마침내는 손찌검까지 하게 되었다.

물론 귀여워하던 동물들에게도 나의 이런 변화가 영향을 미치지 않을 리 없었다. 나는 그들을 본 척도 하지 않았을 뿐더러 학대까지 했다.

그러나 플루토에 대해서는 다소나마 애정이 남아 있어서, 토끼나 원숭이, 개들이 우연하게 또는 반가워하며 내 곁에 왔을 때처럼 학대하지는 않았다. 하지만 알코올 중독에 빠진 내 병은 점점 악화되고 막바지에 이르러서는 괜히 조그만 일에도 발끈하며 마침내 플루토에게까지 손을 휘두르게 되었다.

어느 날 밤의 일이다. 늘 다니던 거리의 술집에서 곤드레만드레가 되어 집에 돌아오니 고양이가 내 눈치를 보고 피하는 것 같았다. 나는 고양이를 붙잡았다. 그랬더니 깜짝 놀란 고양이는 이빨로 내 손을 물어 가벼운 상처를 냈다.

순간 나는 악마와 같은 분노의 화신이 되어 나 자신을 잊어버렸다. 선천적 영혼까지도 대번에 사라져버리고 악마라도 감당하지 못할 술에 중독된 피폐함이 몸의 구석구석까지 확 퍼졌다. 나는 조끼 주머니에서 칼을 꺼내 불쌍한 고양이의 목을 붙잡고 한쪽 눈을 태연히 도려냈다! 이 잔인무도한 폭행을 기록하려니 얼굴이 붉어지고 화끈거리며 온몸이 떨린다.

아침에 잠에서 깨어 이성을 되찾았을 때 —전날 밤 폭음의 여독이 잠과 함께 사라져버렸을 때— 내가 저지른 범죄에 대하여 공포와 참회가 뒤섞인 복잡한 감정을 억누를 수 없었다.

그러나 그것도 미약하고 일시적인 감정에 지나지 않았고 내 마음의 근본을 흔들 만한 것은 아니었다. 나는 여전히 폭음으로 날을 보내고 곧 그 행동에 대한 기억도 술에 파묻어 버렸다. 이러는 동안에 점차 고양이는 회복되어 갔다. 도려낸 눈의 형상은 흉칙한 꼴이었지만 이제는 별로 고통을 받는 것 같지도 않았다.

고양이는 전과 다름없이 집 안을 이리저리 돌아다녔지만 내가 가까이 가면 당연히 극도로 무서워하며

도망질치는 것이었다. 전에 그렇
게 나를 따르던 동물이 이렇게
변한 태도에 처음에는 비애도
느꼈다. 그래도 원래의 선한
마음이 남아 있었으나 이 감정마
저 곧 분노로 바뀌어 마침내는 나를
건질 수 없는 파멸의 구렁텅이에까지
몰아넣으려는 듯한 짓궂은 감정이 치솟아 올랐다.

　이러한 감정에 대해서 철학에서는 아직까지 아무
런 해석도 없었다. 그러나 이것은 인간 본성의 원시
적 충동─인간성을 지배하는 불가분적 힘 혹은 감정
의 일종─이라고 나는 확신한다. 해서는 안 된다는
이유를 알고 있기 때문에 오히려 몇 번이고 죄악과
어리석음을 범하고 있는 것이 아닐까? 우리들은 최
선의 판단에 거스르면서까지 법률을 알고 있는 까닭
으로 오히려 그것을 범하고 싶은 경향이 있는 것이
아닐까?

　거듭 말하지만, 이 짓궂은 감정이 기어이 최후의
파멸을 초래하고야 만 것이다. 아무 죄도 없는 고양
이에게 계속 위해를 가하여 결국은 고양이를 죽이게
까지 나를 충동질함으로써 마음속에 번민을 주고, 내
본성을 유린하면서도 악을 위해 악을 범하려는 수많
은 영혼의 욕망을 낳았다.

어느 날 아침, 태연자약하게 나는 고양이의 목을 매 나뭇가지에다 걸었다. 눈물을 흘리면서 마음 한구석에 이루 헤아릴 수 없는 후회를 하면서 목을 매단 것이었다. 고양이가 나를 사랑하고 있었던 것을 알고 또 이렇게 하는 것이 죄악을 범하는 것임을 알기 때문에, 나의 불멸의 영혼을—만약 그런 것이 있을 수 있다면— 자비로우신 신의 무한한 은총을 가지고도 구해낼 수 없는 심연 속에 빠뜨릴 최악의 죄악이라는 것을 알았기 때문에, 나는 고양이의 목을 나뭇가지에 매단 것이었다.

참혹한 행위를 저지른 그날 밤, 불이야! 하는 소리에 나는 잠을 깼다. 내 침대 커튼에 불이 붙어 타올랐고 집은 온통 불길에 휩싸였다. 아내와 하녀, 그리고 나는 가까스로 이 화염 속을 빠져나왔다. 철저히 다 타버려 모든 재산이 단숨에 날아가 버렸으므로 나는 절망의 늪 속에서 헤매지 않으면 안 될 신세가 되어 버렸다.

나는 이 재난과 나의 광포했던 행위 사이에 연관성을 찾아보려 할 만큼 마음 약한 위인은 아니다. 그러나 일련의 사실들을 자세히 고백하는 이 마당에 비록 일부분일망정 소홀히 넘기고 싶은 마음은 없다.

화재 다음날, 나는 불에 탄 집에 가보았다. 담은 한쪽만 남은 채 모두 무너졌는데, 집 한복판의 내 침대 머리 쪽에 있던, 그리 두껍지 않은 칸막이 방의 벽쪽만 남아 있었다. 아마 최근에 새로 회를 발라서 불에 강했으려니 하고 생각했다. 그런데 많은 사람들이 모여들어 이 벽의 한 곳을 열심히 뚫어져라 바라보고 있었다.

"이상한 걸!", "신기한데!", 이런 말들이 들려와 가까이 가보았더니 흰 벽에 얇은 조각처럼 굉장히 큰 고양이 형상이 나타나 있었다. 그 윤곽이 놀라울 만큼 똑같았는데 고양이 목의 밧줄까지 흡사하였다.

맨 처음에 이 유령−그렇게밖에 볼 수 없었다.−을 보았을 때의 나의 놀라움과 공포는 극에 달했다. 그러나 이내 생각을 다시 하여 공포에서 벗어날 수 있었다.

'불이야!' 하는 소리에 사람들이 마당에 잔뜩 모여들었을 때 나를 깨울 작정으로 누군가 그 고양이의 시체를 열린 창을 통하여 내 방 안으로 던진 것임에 틀림없었다. '다른 쪽 벽돌이 무너지는 바람에 고양이는 새로 바른 벽에 박혀 벽의 석회분과 화염과 시체에서 발산되는 암모

니아가 혼합되어 이와 같은 화상이 되었을 거야' 하고 나는 생각했다.

내가 지금 자세히 설명한 이 놀라운 일에 대하여 나의 이성에 대해서는 이렇게 쉽게 설득하긴 했지만 나의 양심은 그것을 용납하지 않았고, 역시 그 사건은 나에게 심각한 영향을 주지 않을 수 없었다.

그 후 여러 달 동안 고양이의 환영이 나를 떠나지 않았으며 후회 아닌 후회를 하는 모호한 감정이 내 마음 한구석에 싹트기 시작했다. 고양이가 없어진 것을 섭섭히 여기고 그때 뻔질나게 드나들던 삼류 주점 같은 데서도 혹시 같은 종류나 다소 닮은 고양이가 있지 않을까 해서 주위를 둘러보기도 하였다.

어느 날 밤, 그 술집에서 멍하게 앉아 있는데 방 안의 가구처럼 자리를 차지한 진과 럼주 술통 위에 쭈그리고 앉아 있는 시커먼 것이 눈에 띄었다. 아까부터 그 술통 위를 바라보고 있었는데, 더 빨리 눈에 띄지 않았다는 것은 매우 이상한 일이었다.

뭔가 싶어 나는 가까이 가서 만져보았다. 그것은 검은 고양이였다. 아주 큰 녀석으로 바로 플루토만한 크기의 몸집에 한 군데만 빼고는 플루토와 똑같았다. 플루토는 전신이 검은색이었으나 이놈은 가슴 전체가 희미하나마 큰 백색 반점으로 덮여 있었다. 손을 대니까 곧 일어나 골골거리며 내 손에 몸을 비비며 아는 척해주니 기뻐하는 듯했다. 이거야말로 내가 찾던 고양이였다.

주인에게 그 고양이를 사겠노라고 말했더니 주인은 자기 것이 아니라 어디서 왔는지도 모르며 전에 본 일조차 없다는 것이었다. 나는 고양이를 쓰다듬어 주다가 집에 돌아오려고 자리에서 일어섰다. 그런데 내가 일어서니까 고양이도 나를 쫓아올 기미를 보여 그냥 쫓아오게 내버려 두었다. 집에 오는 도중에도 여러 번 허리를 굽혀 머리를 쓰다듬어 주었다.

집으로 돌아오자 고양이는 금방 길이 들고 아내도 역시 귀여워했다. 그러나 나는 금방 싫증을 느끼게 되었다. 이것은 참으로 뜻밖의 일이었으나 어쩐 일인지 고양이가 나를 잘 따르는 것이 오히려 불쾌하고 성가시게 했다.

이 불쾌감과 혐오감은 점차 극도의 증오로 변해버렸다. 나는 고양이를 피했다. 일종의 수치스러움과 전에 저지른 참혹한 행위의 기억 때문이었다. 그 후 여러 주일 동안은 고양이를 때리지도 않고 별로 학대하지도 않았다. 그러나 나는 점점 고양이에 대해 이루 말할 수 없는 증오감을 느끼게 되어 마치 전염병 환자를 피하듯이 고양이를 슬슬 피하게 되었다.

고양이를 집에 데리고 온 다음날 아침에 알게 된 사실이지만 이 고양이도 플루토처럼 한쪽 눈이 멀어 있었다는 것도 틀림없이 고양이에 대한 증오감이 커진 한 이유였다. 그러나 앞에서도 얘기했지만, 매우 인정이 많은 내 아내는 이 때문에 한층 더 고양이를 측은히 여기는 것이었다. 그리고 이런 성격이야말로 전에 나의 특성이었던 동시에 가장 단순하고 순수한 즐거움의 원천이었던 것이다.

그런데 내가 고양이를 미워하면 미워할수록 그와 반대로 고양이는 나를 더욱더 따르는 것이었다. 독자들은 이해할 수 없을 정도로 이 고양이는 성가시게 내 뒤를 쫓아다녔다. 내가 어디에 있든지 간에 으레 쫓아와서 내 의자 밑에 앉거나, 무릎 위에 뛰어올라 지긋지긋하게 핥거나 또는 내 몸에다 비벼대는 것이었다. 내가 일어나서 걸어가려고 하면 어느새 다리 사이로 기어들어와 하마터면 넘어질 뻔하게 하거나, 그렇지 않으면 길고 뾰

족한 손톱으로 옷에 매달려 가슴까지 기어올라왔다.

이럴 때에는 당장 때려죽이고 싶었는데, 전에 범한 죄악이 머릿속에 떠오르기도 했지만 솔직히 고백하면 고양이가 까닭 없이 무서워져 감히 손을 대지 못했던 것이다. 이 공포감은 확실히 육체적 위해의 공포는 아니었지만 이렇다 하게 설명하기도 힘든 것이었다. 실은 중죄수의 감방에서 고백하기가 좀 부끄러운 일이지만 고양이가 나에게 가져다 준 그 공포감이라는 것은 아주 보잘것없는 망상으로 말미암아 생겨난 것이다.

이 고양이와 전에 내가 죽인 고양이의 단 하나 다른 점은 가슴에 있는 흰 반점이라는 것은 앞에서도 얘기했었다.

"이 흰 점이 좀 이상해요!"

하고 내 아내는 여러 번 내 주의를 환기시켰다. 이 반점은 크기는 했지만 처음에는 아주 희미했었다. 그러던 것이 거의 눈에 띄지 않게 서서히 진해져—나의 이성은 오랫동안 그것을 망상이라고 부정하려 애썼지만— 마침내 분명한 윤곽이 나타났다. 그것은 무어라고 부르기에도 몸서리가 쳐지는 형상이었고, 그것 때문에 무엇보다도 그 괴물이 미웠고, 무서웠고, 할 수만 있다면 없애버리고 싶었던 것이다. 그것은 등골이 오싹해지도록 무서운 교수대의 형상, 아! 그것은 공포와 죄악, 고통과 죽음의 슬프고도 무서운 형구인 밧줄의 형상이었다.

나는 이제 인간의 처참함 이상의 처참한 상태로 추락해 버렸다. 일개 짐승이 –내가 죽여 버린 보잘것없는 짐승이– 전능하신 하느님의 모습을 따라 만들어진 인간인 내게 이와 같은 참으려야 참을 수 없는 고통을 주리라고는! 아, 괴롭다! 낮이고 밤이고 간에 나에겐 휴식의 기쁨이라고는 전혀 없었다.

낮이면 고양이는 한시도 내 곁을 떠나지 않았고, 밤이면 또 밤대로 시시각각 말할 수 없는 공포의 꿈에 시달리다 벌떡 일어나면, 내 얼굴에는 고양이의 뜨거운 입김이 훅훅 끼쳐왔으며 내 힘으로는 꼼짝도 할 수 없는 악몽의 화신이 천근 같은 무게로 가슴을 짓누르고 있는 것이었다!

이러한 고통의 압박으로 손톱만큼이나마 나에게 남아 있던 '선(善)'의 자취는 아예 꼬리를 감춰버렸다. 흉악한 생각–가장 어둡고 사악한 생각–이 나의 유일한 친구가 되었다. 나의 무뚝뚝한 성질은 점점 변해서 모든 사물과 사람들을 미워하게까지 되었다. 시시각각 억제하기 힘든 폭발적인 분노에 나는 맹목적으로 내 몸을 내맡기게 되었는데, 아무 불평도 없이 그 고통을 달게 참는 희생자는 불쌍하게도 언제나 내 아내였다.

우리들은 가난해져서 어쩔 수 없이 낡은 고옥에서 살고 있었는데, 어느 날 집안 일로 아내는 나를 따라 지하실에 들어왔다. 고양이도 가파른 계단을 쫓아 내려와 하마터면 내가 굴러 떨어질 뻔하자 나의 노여움은 극도에 달했다.

나는 격분에 휩싸여 여태까지 참고 있던 어린애 같은 두려움도 잊어버리고 도끼를 들어 고양이를 향해 내리치려 했다. 물론 내 마음대로 되었다면 고양이는 그 자리에서 죽어버렸을 것이나 아내의 제지로 뜻대로 되지 않았다. 아내의 방해로 나는 악마도 못 당할 만큼 분노에 휩싸여 아내의 손을 뿌리치며 대신 그 도끼를 아내의 머리에다 내리박았던 것이다. 아내는 비명도 못 지르고 그 자리에 푹 고꾸라졌다.

이 무서운 살해 후 나는 시체를 감출 방법을 곰곰이 생각했다. 낮이든 밤이든 간에 이웃 사람의 눈에 띄지 않게 시체를 밖으로 끌어낼 수 없다는 것은 뻔한 일이었기에, 여러 가지 계획을 머리에 떠올렸다.

한번은 시체를 잘게 토막 내 불에 태워버리려고도

생각했다. 다음에는 지하실 마루 밑에 구멍을 파고 그 밑에 파묻어 버릴까도 생각해 보았다. 또는 마당 우물에 던져버릴까, 상자에 집어넣어 상품처럼 포장해서 인부를 시켜 밖으로 지고 나가게 할까 하는 생각도 했지만, 결국 그 어느 것보다도 그럴듯한 계획이 떠올랐다. 중세의 사제들이 그들이 죽인 희생자를 벽에 틀어박고 발라버렸다는 방법을 쓰리라 결심했다.

이런 목적으로는 지하실이야말로 안성맞춤이었다. 사면의 벽은 아무렇게나 쌓아올린 채 마무리도 제대로 하지 않은 채 최근에 석회로 슬쩍 한 번 발라두었는데 지하실 안의 습기로 인해 아직 마르지 않았다. 더욱이 벽 한쪽은 장식용 연통과 난로를 꾸며 놓기 위해 툭 튀어나와 있었다.

나는 이 벽이라면 틀림없이 벽돌을 떼어낸 다음 시체를 그 속에 틀어박고 담을 먼저대로 감쪽같이 해놓을 수 있으리라고 생각했다.

이 계획은 빈틈이 없었다. 쇠꼬챙이로 쉽게 벽돌을 떼어 시체를 안쪽 벽에 기대 세우고 그대로 버텨놓은 다음 별로 힘들이지 않고 벽돌을 전과 같이 쌓아올릴 수 있었다. 그 다음에는 모르타르와 모래를 사다가 조심스레 전과 다름없이 벽돌과 벽돌 사이를 골고루 발랐다. 일이 끝났을 때 나는 자! 이젠 되었다 하고 안도의 한숨을 내쉬었다. 벽은 조금도 손을 댄 것처럼 보이지 않았다. 마루에 떨어진 부스러기들을 하나도 남김없이 주웠다.

나는 득의양양하여 주위를 휘휘 둘러보며 혼자 중얼거렸다.

"흥, 이 정도면 헛수고는 아니군."

다음으로 할 일은 이와 같은 불행의 원인을 만들어낸 그놈의 고양이를 찾는 것이었다. 고양이가 눈에 띄기만 했다면 그놈의 운명은 두말 할 것도 없었겠지만, 이번의 참혹한 사건에 질겁하여 슬며시 사라져 내가 이런 기분으로 있는 동안 내 앞에서 자취를 감추었다. 미운 고양이가 없어져서 마음이 홀가분해진 그 통쾌함이란 말로 표현하는 것은 고사하고 상상조차 하기 힘든 것이었다.

고양이가 그날 밤새도록 모습을 나타내지 않아서 고양이를 집에 데리고 온 이후 적어도 이날 밤만은 살인죄라는 무거운 짐이 내 영혼을 짓누르고 있었음에도 불구하고 나는 푹 잘 수가 있었다.

이틀이 지나고 사흘이 지나도 고양이는 나타나지 않았다. 나는 더욱 홀가분한 몸이 되어 안도감을 느

껐다. 괴물은 내가 무서워 영원히 이 집으로부터 도 망친 것이다! 고양이는 더 이상 나타날 리 없다! 나의 행복은 더할 나위 없었다.

내가 범한 그 무서운 죄도 나를 별로 괴롭히지 않았다. 몇 차례 취조가 있었지만 문제없이 대답할 수 있었고, 한 번의 가택 수색까지 있었지만 물론 아무것도 발견되지 않았다. 이제부터 나의 행복은 확정적이라고 낙관했다.

이 사건이 있은 후 나흘째 되는 날 뜻밖에도 한 무리의 경찰들이 들이닥쳐 또 한번 세밀히 가택 조사를 시작했다. 시체를 감춘 곳이야 제 아무리 날뛰어도 찾아낼 리 만무하다고 확신했기 때문에 나는 조금도 당황하지 않았다. 경찰들은 수색 중에 나에게 동참할 것을 명령하고 집 안 구석구석까지 샅샅이 조사했다. 서너 번이나 지하실로 내려갔지만 나는 조금도 당황하지 않았을 뿐더러 심장의 고동은 역시 평온하게 잠을 자는 사람처럼 태연자약하게 뛰고 있었다. 나는 팔짱을 끼고 이리저리 유유히 활보했다.

경찰들이 완전히 의심을 풀고 떠나려 하자 나는 기쁨을 억제할 수 없었다. 나는 승리의 표시로 다만 한

마디라도 내뱉어 나의 무죄를 그들에게 한층 더 확실하게 인식시키고 싶은 욕망이 끓어올랐다.

"여러분!"

경찰들이 계단을 올라갈 때 나는 참지 못하고 입을 열었다.

"당신들의 의심이 풀려 무엇보다 기쁩니다. 여러분들의 건강을 빌며 경의를 표합니다. 그런데 여러분, 이 집은요, 이 집은 말이죠, 그 구조가 아주 잘 되어 있답니다. (아무거나 마구 얘기하고 싶은 격렬한 욕망에 휩싸여 무엇을 얘기하고 있는지조차 나도 몰랐다.) 특별히 잘 지어진 집이라 할 수 있겠죠. 이 벽돌은 말이죠, 아주 견고하게 쌓여져 있답니다."

하며 말을 멈추고는 공연히 미치광이처럼 내가 들고 있던 막대기로 아내의 시체가 들어 있는 바로 그 부분을 힘껏 내리쳤다.

그러자 오, 하느님. 악마의 독이빨로부터 나를 구해주소서! 막대기가 부딪치는 소리의 울림이 채 멎기도 전에 무덤 속에서 울리는 듯한 소리가 들려왔다!

처음에는 약한 어린애의 울음소리처럼 간간이 이어지던 것이 갑자기 높고 지속적인, 아주 괴이하고도 잔인한 비명으로 변했다. 그것은 지옥에 떨어진 수난자의 입과 그에게 형벌을 주고 기뻐 날뛰는 악마들의 입으로부터 동시에 흘러나오는, 지옥으로부터의 고함

소리며 공포와 승리가 뒤섞인
울부짖음이었다.

　내 기분을 얘기한다는 것
은 어리석은 일이다. 정신
이 아뜩해져서 비틀거리며
쓰러질 것 같았다.

　계단위로 올라가던 경찰들은 그 순간 깜짝 놀라 잠
시 우두커니 서 있더니 곧바로 열두 개의 단단한 손
들이 달려들어 벽을 허물기 시작했다. 벽이 한꺼번에
떨어져 내리자 이미 대부분 썩고 핏덩이가 말라붙은
시체가 여러 사람들 눈앞에 우뚝 나타났다.

　그리고 시체의 머리 위에는 시뻘건 큰 입을 벌리고
불길 같은 한쪽 눈을 크게 뜨고 있는 그 무서운 고양
이가 앉아 있었다.

　나에게 살인을 하게 한 것이나, 비명소리를 내어
나를 교수대로 끌려가게 한 그 모든 것이 이 고양이
의 간계였다. 나는 그 괴물도 시체와 함께 벽 속에
틀어박고 발라버렸던 것이다.

어셔 가의 몰락

어셔 가의
몰락

그의 마음은 걸어둔 비파, 대기만 해도 둥둥 울리네.

—드 베랑제—

그해 가을, 하늘에는 구름이 무겁게 내리덮여 흐리
고 어두웠다. 소리 없이 고요한 어느 날 나는 하루
종일 황량한 시골길을 말을 달려 어둠의 장막이 내리
기 시작할 무렵에야 겨우 음침한 어셔 가의 저택이
보이는 곳에 도착했다.

왜 그랬는지 모르지만 그 저택을 한번 바라본 순간
견딜 수 없는 침울한 기분이 마음속에 스며들었다.
그 이유는 예전에 봤던 시적이고 평화스러운 느낌으
로도 이 황량하고 음침한 기운이 조금도 사라지지 않
았기 때문이다. 나는 눈앞에 전개되는 경치를—달랑
한 채의 저택과 보잘것없는 집안, 황폐한 담과 멍하
니 크게 뜬 눈과 같은 창, 몇 가닥의 사초더미와 죽

은 나무의 흰 가지들을—
말할 수 없는 침울한 기
분으로 바라보았다.

  그때의 내 기분은 마
치 마약중독자의 약 기
운이 사라져 달콤한 꿈
에서 깨어나 현실로 돌아올 때에 갖게 되는 비통한
타락의 느낌 혹은 덮여 있던 장막이 순식간에 떨어져
내릴 때에 드는 느낌으로 이 세상의 어떤 감정에도
비할 수 없는 것이었다.

  마음이 얼음장처럼 싸늘해지고 기운이 쭉 빠지고
속이 메스꺼워지는 것 같았다. 그것은 강렬한 상상력
을 발휘하더라도 도저히 밝은 마음으로 돌릴 수 없는
견딜 수 없는 적막감이었다.

  '웬일일까?' 하고 나는 숨을 돌리며 생각했다. 어서
저택을 바라보고 있는 나의 마음을 이토록 어지럽히
는 것은 대체 무엇일까? 그것은 아무리 해도 풀 수
없는 수수께끼였으며, 그걸 생각하는 동안 무수히 몰
려드는 어두운 환상들을 쫓아낼 수가 없었다. 확실히
그 안에는 극히 단순한 자연물상들이 엉켜서 우리들
을 괴롭히는데, 이 힘의 본질을 분석하는 것은 도저
히 할 수 없다는 불만족스러운 결론에 도달하지 않을
수 없었다.

하나하나의 경치를 그림이라고 여기고 그림을 좀 다르게 배열해 보면 음침한 인상을 어느 정도 누그러 뜨리거나 아주 없앨 수도 있으리라고 생각해 보았다.

저택 옆에는 수면이 잔잔하지만 시커멓게 빛나서 무시무시해 보이는 늪이 있었는데, 나는 늪의 한쪽 절벽으로 말을 몰아 올라가서 늪을 내려다보기로 하였다. 그렇지만 회색 사초더미와 괴기스러운 나무의 흰 가지들과 멍하니 크게 뜬 눈과 같은 시커먼 창들이 재구성되어 물 위에 거꾸로 비치는 저택의 모습은 더욱더 몸서리쳐지게 무서웠다.

나는 이처럼 음산한 저택에 몇 주일을 머물 예정으로 온 것이다. 이 저택 주인인 로드릭 어셔는 나의 어렸을 때 친구였지만 헤어진 뒤로는 오랫동안 한번도 만난 적이 없었다. 그랬던 것이 먼 시골에서 떨어져 살고 있는 나에게 어셔가 한 통의 편지를 보내왔는데 그 사연이 너무 심각하여 직접 와보는 것 외에는 별다른 방법이 없을 것 같았다.

그의 편지에는 신경이 예민해져 있는 정신 상태가 여실히 드러나 있었다. 몸이 극도로 쇠약해졌으며 정신적 불안이 그를 괴롭혀 견딜 수 없다는 사실과, 그가 가장 사랑하며 그에게는 하나밖에 없는 친구인 나를 만나 위로의 말을 들음으로써 얼마만큼이라도 병고를 줄이고 싶다고 했다.

편지에 씌어 있는 이런 사연과 그 밖의 여러 가지 상황, 또는 그의 열성어린 간청이 나에게 망설일 틈을 주지 않았다. 나는 정말 기이한 초청이라고 생각하면서도 바로 응한 것이다.

우리들이 어렸을 때야 친한 사이였지만 나는 이 친구에 대해서 아는 것은 별로 없었다. 그가 워낙 말수가 적은 편이었기 때문이었다.

그의 집안의 내력은 오랜 옛날부터 유별나게 예민한 특성으로 유명했는데 그 기질 덕분에 대대로 우수한 예술가를 배출하였다. 최근에 와서는 일면 관대하면서도 겸허한 자선사업을 하는 한편 음악에 있어서는 정통적이고 알기 쉬운 계음보다도 복잡한 음에 대한 새로운 열정으로 예민한 기질이 표현되고 있다는 것을 알고 있었다.

나는 또 어셔 가가 꽤 오랜 가문임에도 불구하고 어느 시대를 막론하고 한번도 방계를 내놓지 못했다는 것, 다시 말해 사소한 일시적인 변천은 있었지만 오랜 세월을 가문 전체가 직계로만 이어져 온다는 특기할 만한 사실도 알고 있었다.

저택의 특징이 세상에 알려져 있는 어셔 가 가족들

의 특징과 완전히 일치한다는 것을 연구해 보며 또는
몇 세기의 긴 세월이 지나는 동안에 전 세대가 후 세
대에게 끼쳤을 영향을 추측해 보면서 나는 이렇게 생
각했다. 이 집이 방계가 없다는 결점과 아울러 집안
사람의 이름과 상속 재산이 대대로 부자간에 전해진
다는 사실, 이름을 그대로 물려받아서 어셔 가라는
기묘하고도 애매한 명칭 속에 일가의 본래 명칭을 혼
동해 버린 것이 아닌가 하는 생각도 들었다.

어리석게 늪 속을 들여다본 바람에 저택을 처음에
보았을 때 느낀 기괴한 인상을 더욱 강하게만 했을
뿐이라는 것은 이미 말했다. 물론 나의 미신이ㅡ미신
이라고 부르지 못할 이유가 어디 있겠는가. ㅡ 강해졌
다는 자각이 도리어 나의 확신을 더욱더 강하게 했
다는 것만은 사실이다. 오랜 경험을 통해 알고 있는
것이지만 공포의 감정은 이처럼 모순된 경로를 밟는
것이다.
내가 늪 속에 거꾸로 비친 저택의 그림자로부터 눈
을 들어 실제의 저택을 쳐다보았을 때 내 마음 속에
이상한 공상이ㅡ사실 싱거운 공상이었으나 단지 그때
나를 괴롭혔던 감각의 위력을 표시하기 위해 기록함
에 불과하다. ㅡ 선뜻 머리에 떠오른 것도 어쩌면 이런
이유에서였는지도 모르겠다.

내 마음대로 이리저리 연구해 본 결과, 하늘의 대기와는 아주 딴판인 썩은 나무나 흰 벽들, 혹은 고요한 늪으로부터 증발된 수증기와 희미하고 완만하여 겨우 알아볼 수 있는 우중충한 빛깔의 독기어린 증기로 이루어진 특유 공기가 저택과 그 주변을 떠돌고 있다고 믿게 되었다.

악몽 같은 망상을 내 마음속으로부터 쫓아내려고 나는 더욱 자세히 저택을 살펴봤다. 여러 세기를 지내온 건물은 이미 퇴락하여 상당히 오래된 저택이라는 것이 제일 뚜렷한 특징이었다. 저택 외부 전체가 온통 곰팡이로 덮여 섬세하게 뒤얽힌 거미줄처럼 지붕 끝에 축 늘어져 있었다. 그러나 그 정도로는 심하게 황폐되었다고 할 수도 없었다.

주춧돌이 허물어져 있지는 않았지만 보수를 한 부분과 퍼석퍼석하여 금방이라도 바스러질 것 같은 주춧돌 사이에는 큰 부조화가 있는 것처럼 보였다. 이 것은 쓰지 않은 채 오랫동안 바깥 공기를 쐬지 못하고 땅굴 속에서 썩어버린 낡은 세목공(細木工)의 겉모양만 번드르르한 외관을 보는 것 같았다.

이처럼 모든 것이 황폐해졌지만 저택이 무너질 것 같지는 않았다. 하지만 더욱 주의하여 바싹 들여다보니 눈에 띌까 말까한 균열이 건물 앞쪽 지붕으로부터 담까지 꾸불꾸불 내려와 음침한 늪 속으로 사라져 버린 것이 눈에 띄었다.

이런 것들을 보면서 나는 포석이 깔린 길을 지나 저택으로 말을 몰았다. 기다리고 있던 하인에게 말을 맡기고 고딕풍의 현관 아치문 안으로 들어갔다. 그리고 거기서부터 발소리를 죽이며 걷는 하인은 아무 말 없이 어두침침하고 복잡한 복도를 지나 주인의 서재로 나를 안내했다.

가는 도중에 눈에 띈 여러 물건들은 내가 이미 느꼈던 그 적막감을 한층 더 강하게 해주었다. 천장의 조각장식이나 벽에 걸려 있는 어두침침한 벽걸이, 마루의 시커먼 흑단, 발을 옮길 때마다 덜컥덜컥 울려 환영을 보는 것 같은 문장(紋章)을 새긴 전리품의 갑옷 등 어렸을 때 보아 내 눈에 충분히 익숙했던 물건들이 새삼스레 기이한 환상을 불러일으키는 데는 더욱 놀라지 않을 수 없었다.

계단에서 나는 이 집 주치의를 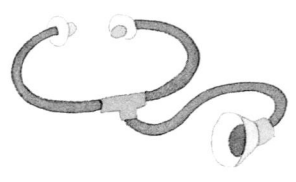 만났다. 그의 얼굴에는 경험에서 오는 교활함과 당황의 표정이 뒤섞여 있었다. 그는 서둘러 나에게 인사를 하고는 지나쳐 갔다.

잠시 후에 하인은 방문을 열고 나를 그의 주인 앞

으로 안내했다.

　내가 들어간 방은 상당히 넓었고 천장도 높았다. 창문들은 길고 좁으며 뾰족했는데 마루로부터 너무 높이 있어 창문틀에도 손이 닿을 수 없을 정도였다. 진홍빛의 석양이 격자창으로부터 흘러들어와 그나마 주위의 물건들을 알아볼 수 있었다. 그러나 아무리 눈을 크게 뜨고 보아도 방에서 먼 구석과 반원형의 완자무늬로 장식한 천장의 구석 쪽은 어둠에 휩싸여 잘 보이지 않았다.

　벽에는 칙칙한 벽걸이가 걸려 있고 가구는 좀 많은 편이었는데 한결같이 우중충하고 낡아빠지고 장식들은 떨어져나가 이 방에 활기를 주지 못했다. 이것들을 바라보자 나는 슬픈 마음이 솟구쳤다. 엄숙하고 쓸쓸하면서 어찌할 바를 모르는 침울한 기분이 방 안에 떠돌며 가구들에까지 깊숙이 스며들어 있었다.

　내가 방 안으로 들어가자 어셔는 다리를 쭉 뻗고 누워 있던 소파에서 벌떡 일어나 나를 진심으로 반가이 맞아주었다. 처음에는 억지로 만들어 낸 진심—인생의 권태를 느낀 사람들이 흔히 만들어 내는 가면—에서 나온 것이 아닌가 싶었지만 그의 눈을 바라본 순간 나는 그것이 진심에서 우러나온 것임을 알았다.

　우리들은 자리에 앉았다. 그가 잠시 말이 없는 동

안 나는 연민과 동시에 두려움을 느끼면서 그를 바라
보았다. 로드릭 어셔처럼 이렇게 단시일 내에 무서운
모습으로 변해 버린 사람도 드물 것이다. 지금 내 눈
앞에 앉아 있는 이 창백한 남자가 오랜 옛날 소년시
절의 나의 친구였다고는 도저히 믿어지지 않았다.

그러나 그의 얼굴의 특징은 조금도 변한 데가 없었
다. 누런 얼굴빛, 크고도 부드러우며 유난히 번쩍이는
두 눈과 약간 얇고 창백하지만 아름다운 곡선을 그리
고 있는 입술, 우아한 헤브루형이면서도 콧구멍이 넓
은 코와 거미줄처럼 부드럽고 가는 머리칼 등이 귀밑
뼈 위쪽이 남달리 넓게 생긴 것과 함께 쉽사리 잊혀
지지 않는 특이한 인상을 주고 있었다.

이런 특이한 용모에다가 외모에 나타난 극심한 표
정의 변화가 누구와 이야기하고 있는지 의심할 만큼
나를 당황하게 했다. 소름끼칠 만큼 창백한 피부색이
며 이상한 광채를 발하는 눈이 무엇보다도 나를 놀라
게 하는 동시에 공포감마저 주었다. 비단결 같은 머
리카락 역시 제멋대로 자라나서 비단 조각이 얼굴 주
위에 두둥실 떠 있는 형상이었다. 나는 이 기괴한 얼
굴을 보통 사람 같다고는 도저히 생각할 수 없었다.

나는 친구의 태도에 앞뒤가 맞지 않는 모순이 있는
것을 금방 알아챘다. 그리고 이것은 곧 습관적 경련
인 극도의 신경 흥분을 억제하려는 미약한 노력에서

나온 것임을 알았다. 이와 같은 것들은 그의 편지나 소년 시절에 대한 기억, 그의 특유한 체질이나 기질로 미루어 이미 각오하고 있었던 것이었다.

그의 태도는 쾌활하다가도 갑자기 침울해지며 만사가 다 귀찮을 때에는 부들부들 떨리는 어쩔 줄 모르는 목소리가 되었다. 그러다 갑자기 곤드레만드레가 된 주정꾼이나 처치 곤란한 마약중독자가 극도로 흥분했을 때 버럭 지르는 급작스러우면서도 공허한 목소리에서 침울하면서도 침착하게 조절된 후음(喉音)으로 변했다.

이러한 목소리로 그는 나를 부른 목적과 나를 만나고 싶어하는 그의 열망 또는 내가 그에게 해줄 거라고 기대하고 있는 위로에 대해 대충 말한 다음 그의 병의 본질로 화제를 돌려 상당히 오랫동안 이야기했다.

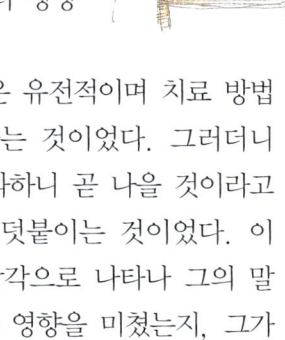

그의 말에 의하면 그의 병은 유전적이며 치료 방법이 전혀 없어 단념하고 있다는 것이었다. 그러더니 간단한 신경 계통의 병에 불과하니 곧 나을 것이라고 그 말이 떨어지기가 무섭게 덧붙이는 것이었다. 이 병세는 많은 부자연스러운 감각으로 나타나 그의 말투와 말하는 태도에도 적잖은 영향을 미쳤는지, 그가 이야기하고 있는 동안에도 나의 흥미를 끌기도 하고 당황하게도 만들었다.

그는 병적인 신경과민으로 대단한 고통을 받고 있었다. 음식물은 아주 깨끗한 것이라야만 했고 옷도 일정한 색이 아니면 안 되었다. 꽃의 향기는 어떤 것이든 간에 숨이 막힌다는 것이었고 약한 빛이라 할지라도 눈이 아프다고 했다. 그리고 현악기 외의 소리는 공포심을 불러일으킨다고 하였다.

그가 일종의 변태적인 공포에 시달리고 있다는 걸 나는 알게 되었다.

"나는 이처럼 통탄할 만큼 우스운 병으로 죽지 않으면 안 될 것이네. 다른 아무런 이유도 없이 나는 이 꼴로 죽어버릴 걸. 내가 무서워하는 것은 미래에 일어날 사건이 아니고 그 결과일세. 비록 사소한 사건이라 할지라도 그것이 내 영혼에 이렇게 참을 수 없는 공포를 일으킨다는 것을 생각하면 소름이 끼치네. 나는 위험 같은 것은 두렵지 않아. 다만 공포를 일으키는 절대적 영향을 무서워하는 것일세. 기진맥진하여 공포의 무시무시한 환영과 싸우면서 생명도 영혼도 모두 내버려야 할 시기가 곧 닥쳐올 것만 같아."

그는 이렇게 말했다.

나는 이 밖에 때때로 튀어나오는 한 토막 한 토막의 애매한 암시로부터 그의 정신상태의 또 다른 기이한 특징을 발견했다.

    여러 해 동안 한 걸음도 문 밖에 나가보지 않은 저
택에 관한 그의 말들이 너무 미심쩍기 때문에 여기서
설명하기에는 퍽 힘이 들지만, 실제로 있을 수 없는
강력한 힘의 영향에 대한 말이었다. 대대로 살아온
그의 저택의 형체와 집의 특징이 그곳에서 오래 사는
동안에 그의 영혼에 끼친 영향―회색 벽과 지붕의 작

은 탑 또는 이것들이 내려다보고 있는 어두침침한 수면의 늪이 결국 예민한 그의 정신에 미친 영향에 대해 그는 기이한 망상의 미신적 포로가 되어 있었던 것이었다.

그는 주저하면서 이런 번민을 준 우울증의 대부분은 그의 유일한 친구이며 세상에서 단 하나밖에 없는 육친인 누이동생의 오랜 병과 그녀의 죽음이 확실히 눈앞에 닥쳐왔다는 현실에 기인한 것이라고 고백했다.

"누이동생이 죽어버리면 내가, 절망적이고 허약한 내가 유서 깊은 어셔 가의 최후의 생존자가 되는 것이라네."

하며 그는 결코 잊을 수 없는 비통한 어조로 말했다.

그가 이렇게 말하고 있을 때 그의 누이동생인 레이디 메델라인이 내가 있는 것도 모르는지 조용히 걸어오더니 방 저쪽으로 사라져갔다. 나는 공포로 뒤섞인 극도의 두려움으로 그녀를 주시했다. 그러나 왜 그렇게 놀라고 두려움마저 느꼈는지는 나도 알 수가 없었다. 저쪽으로 멀어지는 발소리를 마음속으로 쫓고 있는 동안 나는 머리가 쭈뼛해짐을 느꼈다.

마침내 그 여자의 모습이 문 뒤로 사라져 버리자

나는 얼른 어셔의 표정을 살폈다. 그러나 그는 얼굴을 두 손에 파묻고 있었으며 다만 빼빼마른 손가락이 그 전보다 훨씬 더 창백해진 것과 손가락들 사이로 뜨거운 눈물이 뚝뚝 떨어지는 것밖에는 볼 수가 없었다.

이 메델라인의 오랜 병에 대해선 능숙한 의사들도 혀를 찼다. 고질로 되어버린 무감각증과 신체의 점진적인 쇠약, 짧은 순간이지만 자주 발생하는 몸의 부분적인 경직 현상 등이 그녀의 이상 증세였다. 여태까지 그녀는 자기의 병고를 꾹 참고 침대에 누우려고 하지 않았는데 내가 도착한 그날 밤, 어셔가 몹시 흥분하며 나에게 말한 바에 의하면 끝내 무서운 병마의 힘에 쓰러지고 말았다는 것이었다. 그러므로 그때 저녁 무렵에 한번 본 것이 최후로서 적어도 그녀가 살아 있는 동안에 다시는 그녀를 보지 못할 것만 같았다.

그 후 며칠 동안은 나도 어셔도 그녀의 이름을 입밖에 내지 않았다. 그동안 나는 열심히 이 친구의 우울증을 위로해 주려고 애를 썼다. 우리들은 같이 그림도 그리고 책도 읽었다. 혹은 그가 즉흥적으로 연주하는 격렬한 기타 소리에 꿈을 꾸듯 귀를 기울였다.

이렇게 두 사람의 관계가 갈수록 친밀해짐에 따라 그는 자기의 마음을 보다 허물없이 털어놓게 되었지만 그러면 그럴수록 그의 마음을 즐겁게 해주려는 나의 노력이 허사임을 더욱 비통하게 깨닫지 않을 수 없었다. 왜냐하면 그의 마음으로부터 암흑이 마치 선천적으로 타고난 확고한 본질과도 같이 우울하게 끊임없이 뻗어 나왔기 때문이다.

어셔 가의 주인과 단둘이 이렇게 보낸 음울한 시간들의 기억은 내 머릿속에서 영원히 사라지지 않을 것이다. 하지만 그와 내가 무슨 연구 또는 무슨 일에 몰두하고 있었는지, 그가 나에게 무엇을 당부했는지 그런 것들은 아무리 해도 도무지 정확하게 표현할 수가 없을 것 같다.

흥분되어 극도로 본성을 잃은 예술적 상상력만이 인광과 같은 푸른빛을 던지고 있었다. 그가 만든 몇 편의 즉흥적 만가(輓歌)는 언제까지나 내 귓전에 쨍쨍 울릴 것이다. 특히 무엇보다도 포 베버(독일의 작곡가)의 마지막 왈츠의 격렬한 음조에 그가 부연한 기묘한 전곡(顚曲)과 변곡(變曲)이 가슴 아프게 지금까지도 내 마음속에 남아 있다.

치밀한 공상에서 비롯되어 조금씩 색을 칠함에 따라 더한층 몽롱한 느낌이 드는 그의 그림은 보면 볼수록 더욱 괴기스러웠다. 그의 그림은 아직도 내 눈앞에 뚜렷하게 아른거리지만 도저히 뭐라고 표현할 수는 없다. 극도의 단순성과 그의 의도가 노골적으로 표현되어 있어 보는 사람의 주의를 끌며 위압감을 느끼게 했다. 만약 하나의 사상을 그림에 표현한 사람이 있다면 그는 바로 이 로드릭 어셔이리라.

적어도 그때는 이 우울증 환자가 캔버스 위에 그리려고 애쓴 순수한 추상화에서 프젤리(스웨덴의 화가)의 그 타오르는 듯하면서도 구체적인 환상화를 보았을 때에도 느껴지지 않았던 참을 수 없는 극심한 공포가 느껴졌다.

어셔의 환상적 그림들 중에 그다지 강하게 추상적 기법이 나타나 있지 않아 흐릿하게나마 말로 표현할 수 있는 것이 하나 있었다.

그것은 한 장의 소품이었는데 그림에는 평평하고 아무 변화도 장식도 없는 긴 벽들이 있는 무한히 긴 장방형의 천정인지 혹은 굴의 내부가 그려져 있었다. 의도적으로 굴을 지면보다 훨씬 얕은 곳에 있는 것처럼 보이게 했다. 넓은 내부 어느 곳에도 문이 없고 횃불 또는 인공적인 빛은 그려져 있지 않았지만 넘칠 듯한 강렬한 광선이 화폭에 충만하여 화면 전체를 무섭고 이상한 광휘 속에 똑똑히 드러나게 하고 있었다.

어셔의 청신경의 병적 상태는 현악기를 제외한 다른 악기는 참을 수 없도록 그를 괴롭혔다. 이처럼 제한된 한계 내의 곡으로만 그가 기타를 연주했다는 것은 놀라운 일이었는데 흥에 겨워 즉흥적으로 작곡해내는 능력이야말로 더욱 놀라운 것이었다. 그의 환상적인 작곡이며 또는 가끔 기타를 치며 운율적 즉흥시를 읊은 가사는 최고의 예술적 경지에 도달했을 순간에나 볼 수 있는 강렬한 정신적 통일과 집중의 소산이라고 아니할 수 없다.

이런 즉흥시의 한 구절을 나는 지금도 욀 수가 있다. 그가 읊은 즉흥시에 내가 더욱 강렬한 인상을 받았던 이유는 그 시의 의미의 밑바닥에 깔린 신비로움 속에서 그의 옥좌 위에 고고한 이성이 비틀거린다는 것을 처음으로 완벽하게 자각한 듯한 느낌이 들었기 때문이다.

그가 읊은 〈유령구〉라는 시는 정확하지는 않으나 대략 다음과 같은 것이었다.

푸른빛 짙은 계곡에
천사들이 깃들여 살던
아름답고 웅장한 궁전이
빛나는 궁전이 우뚝 솟아 있도다.
사상의 제국에
그 궁전은 솟아 있도다.
천사도 이렇게 아름다운 궁전에는
임해본 적 없으리라!

노랗게 빛나는 황금빛 깃발들이
지붕 위에 휘날렸도다.
(이는 모두 아주 먼 옛날 옛적)
그리운 그날
엄숙하고 창백한 보루를 스쳐
솔솔 부는 부드러운 바람이
향기로운 깃을 타고 살며시 스쳤노라.

행복의 골짜기를 헤매는 방랑의 무리들
빛나는 두 개의 창으로부터
은은히 들리는 비파소리에 따라
춤추며 옥좌를 돌고 도는
신들을 보네.
옥좌에는 남빛 옷 입은 천자(天子)!
그럴 듯한 위엄을 띠고
나라의 상제가 임하도다.

아름다운 궁전의 문은
진주와 루비 빛으로 비치고
그 문으로 흐르고 흘러
또 영원히 반짝인다.
산울림의 무리가 뛰어 들어오도다.
세상에 드문 아름다운 소리로

임의 크신 공덕을 찬미함을
유일의 의무로 삼고.

악마들은 슬픔의 옷을 입고
상제의 옥좌를 부수었도다!
아! 슬프도다. 상제를 다시는 보지 못하리.
궁터에 떠도는
빨갛게 피어오르는 영광도
이제는 무덤 속에 묻힌 옛날의
남은 추억의 한 줄기.

골짜기를 지나는 여행자의 무리들
이제는 다만
붉은빛이 비치는 창으로부터
미친 듯이 터져 나오는 음악소리에 맞춰
희미하게 흔들리는 커다란 그림자를 볼 뿐
무서운 급류와도 같이
창백한 문을 지나
괴물의 무리들이 끊임없이 몰려 나와
큰 소리로 웃지만
더 이상 미소는 볼 수 없구나.

지금도 머릿속에 똑똑히 기억하지만 이 시가 준 암시는 나에게 많은 생각을 일으키게 하였고 어셔가 가지고 있는 견해까지 확실히 알 수 있게 되었다. 그런 견해를 가진 사람이 그 이외에도 더러 있었기에 신기하다기보다도 그가 너무 집착하고 있었기 때문에 언급하는 것으로서 모든 식물이 감각을 가지고 있다는 견해였다. 이 생각에 더욱 깊이 빠져들게 되어 그의 무질서한 공상 속에서 마침내, 어떤 조건하에서는 무기체에까지 감각이 뻗친다는 것이었다.

내가 그의 확신의 전부와 열성을 표현할 수는 없으나, 전에도 잠깐 암시했던 그 미신은 선조로부터 대대로 내려온 이 저택의 잿빛 돌담과 무슨 관계가 있는 듯싶었다. 그런 것에도 감각이 있다는 증거는 주춧돌이 배열된 양식에 있다고 그는 상상했다.

돌이나 그것들을 덮고 있는 수많은 곰팡이며, 또는 돌담 근처에 서 있는 죽은 나무들의 배열된 순서, 특히 이들이 오랫동안 무너지지 않고 그대로 버티고 있다는 것과 그 자태가 늪의 고요한 물 위에 거꾸로 비치고 있다는 사실로써 알 수 있다는 것이었다.

감각이 있다는 증거로는 물과 벽 주변에 있는 대기가 저절로 천천히 그리고 분명하게 굳어지는 것으로도 알 수 있다고 그는 말했다. ─이 말을 듣고 나는 황당했다.─ 수세기 동안 그 저택의 운명을 좌우하고 또 자기를 이런 인물로 만들어 버린 것은 그 암울하고 무서운 대기의 결과라고 그는 덧붙였다. 이러한 그의 견해는 해석이 불가하므로 나 역시 설명은 할 수가 없다.

여러 해 동안 이 환자의 정신생활의 대부분을 지배해 온 서적은 물론 이런 환상적 생활에 알맞은 것들뿐이었다. 그레세(프랑스 시인)의 〈베르베르와 샤트류즈〉, 마키아벨리의 〈벨프골〉, 스웨던보그(스웨덴 신학자이며 철학자)의 〈천국과 지옥〉, 홀베르그(덴마크 극작가)의 〈니콜라스 클림의 지하 여행〉, 로버트 플루드(영국 의사이며 신학자), 장 댕다지네(16세기 독일의 신부), 드 라 샹부르 등의 〈손금법〉, 티크(독일 시인이며 작가)의 〈창공의 여행〉, 캄파넬라의 〈태양의 도시〉를 우리들은 함께 탐독했다. 도미니크회 신부 에이메릭 드 지론(스페인 종교 재판관)의 〈종교 재판법〉의 소형 8절판도 우리의 애독서 중 하나였으며, 폼포니우스 멜라(서기 43년경 로마 지리학자)의 작품 가운데 고대 그리스의 사타(그리스 신화의 상반신은 사람, 하반신은 양의 다리를 가진 사신)에 관한 글은 어셔가 몇 시간이고 꿈꾸듯이 취해 탐독하는 것이었다. 그중에서도 그가 가장 심취해서 탐독한 서적은 4절 고딕 서체판의 진서(珍書) 〈메인스 교회 성가대에 의한 사자(死者)에게 드리는 철야기도〉라는 책이었다.

나는 이 서적에 기록된 광포한 종교 의식과 그것이 이 우울증 환자에게 끼칠 영향을 심각하게 고려하지 않을 수 없었다.

그러던 어느 날 밤 그는 갑자기 누이동생 메델라인이 죽었다는 것을 내게 알려왔다. 그는 정식으로 매장하기 전 약 2주일 동안은 시체를 아래층에 있는 지하실에 가매장할 작정이라고 말했다. 그가 이런 특이한 방법을 취할 수밖에 없는 현실적인 이유들은 내가 뭐라고 간섭할 수 있는 성질의 것이 아니었다. 고인의 병의 이상한 증세와 의사들이 주제넘게 사인을 꼬치꼬치 캐묻는 것, 그리고 멀리 있는 가족묘지가 황폐해진 것 때문에 이렇게 결정한 것이라고 어셔는 말했던 것이다.

그리고 나 역시 이 저택에 온 첫날 본 그녀의 불길한 용모를 기억해 봤을 때 조금도 해될 것이 없고 부자연스러울 게 없는 이 방법에 대해 반대하고 싶은 마음이 없었던 것도 사실이었다.

어셔의 부탁으로 나는 가매장 준비를 도와주었다. 시체를 관에 넣은 다음 둘이서 관을 메고 가매장할 지하실로 갔다. 그곳은 오랫동안 닫혀 있었던 탓으로 손에 든 횃불이 숨이 막힐 듯한 공기에 맥을 못 추어

도무지 주위를 분간할 수가 없었다. 우리가 관을 내려놓은 지하실은 좁고 축축하고 햇빛 한 줄기 들어올 틈조차 없는 곳으로서, 내가 침실로 사용하는 방 바로 아래의 꽤 깊은 곳에 있었다.

먼 옛날 봉건시대에는 분명히 지하 감옥으로 사용했을 테고 그 후에는 화약이라든가 또는 불이 붙기 쉬운 인화 물질의 저장소로 사용되었던 듯싶었다. 마루의 한쪽과 우리들이 들어온 아치문의 안쪽이 동판으로 빈틈없이 싸여 있었고 큰 철문도 마찬가지로 동판에 싸여 있었는데 그 철문은 무척 크고 무거운 돌쩌귀 위에서 움직일 때마다 삐걱삐걱 소리를 냈다.

급작스러운 죽음을 슬퍼하며 누이동생의 관을 어두컴컴하고 음침한 지하실 안에 있던 제대 위에 올려놓고 우리들은 못 박지 않은 관 뚜껑을 한쪽만 살짝 열어 고인의 얼굴을 들여다보았다. 그때 난 처음으로 두 남매의 얼굴이 너무도 꼭 닮은 데 놀랐다. 내 마음을 짐작했던지 어셔도 뭐라고 중얼거렸는데, 나는 그의 말에서 그들이 쌍둥이였으며 그들 사이에는 어떤 교감이 늘 존재했었음을 알았다.

꽃 같은 나이에 그녀의 생명을 빼앗아가 버린 병의 경직현상에서 으레 볼 수 있는 증세로, 가슴과 얼굴에 아직도 희미한 붉은 반점이 남아있었고 입술에는 죽은 사람이라고 보기에는 너무나 무섭고 끔찍한 미소가 떠돌았다. 우리들은 무서워
서 차분히 시체를 내려다볼 수는
없었다. 우리는 뚜껑을 맞추어 못
을 박은 뒤 철문을 꼭 닫고 지하
실에서 나와 지하실과 별로 다를 바 없는 음
침한 위층 방으로 돌아왔다.

며칠간을 슬픔 속에서 보내고 나더니 어셔의 신경
병 증세에는 현저하게 더욱 악화되었다. 그의 평상시
의 태도는 사라져 버리고 여태까지 하던 일도 등한히
생각하거나 잊어버렸다. 그는 걷잡을 수 없이 바쁘게
아무 볼 일도 없이 괜히 이 방 저 방으로 비틀거리며
돌아다녔다.

창백한 얼굴은 더 한층 무섭게 창백해지고 눈은 썩
은 생선처럼 전혀 윤기가 없었다. 지금까지의 목쉰
소리가 아닌 극도의 공포에 떠는 듯한 목소리로 변했
다. 걷잡을 수 없이 흔들리는 그의 마음은 무엇인가
숨기고 싶은 비밀과 맹렬히 싸우고 있으며 그것을 고
백하기에 필요한 용기를 찾고 있는 것이 아닌가 하고
나는 가끔 생각했다.

또 어떤 때에는 미치광이가 환상에 쫓긴다고밖에는
생각할 수 없는 그러한 행동도 했다. 그는 아무 소리
도 들리지 않는데도 환청이라도 들리는 것처럼 귀를
기울이고 허공을 멍하니 바라보고 있었다. 이런 어셔

의 행동은 나에게 공포감을 주었으며 마침내는 나에게까지 그 기분이 전염되었다. 어셔 자신의 환상적이면서도 뿌리 깊은 미신의 무서운 영향이 점점 나에게로 엄습해오는 것을 느꼈다.

내가 이런 느낌을 특히 강하게 받은 것은 메델라인을 지하실에 가매장한 후 7, 8일째 되던 날 밤늦게 잠자리에 들어갔을 때였다. 밤이 깊어가는데도 잠이 오지 않아 나를 지배하고 있는 신경과민증을 이성으로써 극복해 보려고 애를 쓰고 있었다.

내가 예민해진 대부분의 이유는 방 안의 음침한 가구나 불어닥치는 바람을 맞아 창문에서 흔들리는 커튼이나, 침대 머리맡에서 바스락바스락 거리는 칙칙하게 퇴색한 벽걸이의 정체 모를 분위기에서 온 것이라고 억지로 믿어보려고 노력했다. 그러나 그건 헛수고였다.

억누를 수 없는 전율이 전신에 퍼져 결국에는 까닭 모를 공포의 악마가 내 심장을 꽉 눌렀다. 헐떡거리며 애써 이 공포를 박차버리려고 베개에서 몸을 일으켰다. 본능적인 느낌 외에는 아무런 이유도 없이 방 안의 어둠 속을 뚫어져라 바라보면서, 폭풍우가 그친 뒤에도 한참 동안을 들려오는 정체 모를 얕고 가느다란 소리에 귀를 기울였다.

　참을 수 없는 격렬한 공포의 감정에 사로잡혀서 더이상 잠이 올 것 같지도 않았기 때문에 나는 옷을 걸치고 방 안을 이리저리 서성이며 이 처참한 상태로부터 벗어나려고 기를 썼다.

　그렇게 안절부절하며 두서너 번 왔다 갔다 했을 때 계단을 올라오는 가벼운 발소리가 얼핏 들려왔다. 곧 어셔의 발소리임을 알 수 있었다. 잠시 후에 그는 내 방문을 두드리며 한 손에 램프를 들고 들어왔다. 그의 두 눈에는 이글이글 타오르는 광기의 빛이 떠돌았고 몸짓 하나하나에서는 확실히 히스테리의 발작을 억지로 참고 있는 듯한 기미가 보였다.

　그런 그의 모습마저 두려웠지만 그래도 그때까지 나 혼자 참고 있던 공포감보다는 나을 것 같았으므로 그가 온 것이 구원처럼 여겨져 그를 기쁘게 맞아들이기까지 했다.

　잠시 그는 주위를 둘러보더니 갑자기 이렇게 말했다.

　"그래, 자네는 그것을 보지 못했나? 그것을 못 보았어? 그럼 가만히 있게. 내가 보여주지."

　그리고 조심해서 램프 등을 가려놓은 다음 창문 쪽으로 달려가 창문 하나를 활짝 열어젖혔다.

　창문을 통해 확 몰아닥친 폭풍은 두 사람을 거의

날려 보낼 듯했다. 폭풍은 온 하늘을 뒤흔들고 있었
지만 그날은 두려움과 아름다움이 뒤섞인 이상한 밤
이었다. 회오리바람의 눈은 확실히 이 저택 부근에
세력을 집중시키고 있었다. 바람은 시시각각 맹렬한
기세로 방향을 바꿨고 지붕 위의 작은 탑을 누를 듯
이 얕게 내리덮은 빽빽한 구름들이 사방에서 서로 맹
렬한 속도로 몰려와 부딪치고 있었다. 구름들은 멀리
달아나거나 흩어지지도 않고 저택 주변에 머물러 있
었다. 그렇다고 해서 달이나 별이 떠 있는 것도 아니
고 또 천둥이 치거나 번개가 번쩍이는 것도 아니었
다. 그러나 우리들을 둘러싸고 있는 온갖 것들은 물
론, 바람에 흔들리는 수증기의 커다란 덩어리의 전체
가 저택을 둘러싸고 떠도는 희미한 기체들로 반사되
어 빛나고 있었다.

"안 돼, 이런 것을 봐선 안 돼! 자네를 괴롭히는 이
런 모습은 어디서든지 흔히 볼 수 있는 전기 현상에
불과한 거야! 창문을 닫게. 찬 바람은 자네 몸에 해
로울 걸세. 여기 자네가 좋아하는 소설이 있네. 자!
내가 읽어줄 테니까 듣고 있게. 그러면 이 무서운 밤
이 금방 지나갈 거야."

창문으로부터 억지로 어셔를 끌어다 의자에 앉히며
말했다.

내가 손에 든 한 권의 고서(古書)는 런슬럿 캐닝 경

이 쓴 〈어지러운 회합〉이었다. 내가 그것을 어셔가 좋아하는 소설이라고 말한 것은 사실 진심이 아니었다. 왜냐하면 이 책의 조잡하고도 상상력이 결여된 이야기에는 그의 고상한 영혼에 감흥을 줄 만한 것이라고는 아무것도 없었기 때문이다.

하지만 눈앞에 있던 것이라곤 이 책뿐이었으므로 혹시나 이 우울증 환자의 흥분이 내가 읽어 주는 싱거운 이야기로라도 좀 가라앉지나 않을까 하고 막연히 기대했다. 이렇게 좀 색다른 것이 어떤 때에는 정신 이상자의 마음을 안정시킬 수도 있었기 때문이었다.

내가 책을 읽기 시작하자 긴장하면서 하나하나 빼놓지 않고 귀담아 듣는 그의 태도로 미루어 보아 내 계획이 일단은 성공했다고 안심해도 좋았던 것이다.

나는 이 소설의 주인공 에델렛이 은둔자의 집에 들어가기 위해 그가 찾아온 뜻을 공손히 전했으나 받아 주지 않아 결국에는 폭력으로 침입하려는 그 유명한 구절에 이르렀다.

"…… 천성이 용맹스러운 에델렛, 들이킨 술기운으로 완고하고도 짓궂은 자와 더 이상 담판해도 소용없다는 것을 깨닫고 있었다. 때마침 빗방울이 뚝뚝 떨

어져 폭풍우가 일어날 기세가 보이자 선뜻 쇠메를 들
어 문 널빤지를 몇 번 후려치니 순식간에 장갑 낀 손
이 들어갈 만한 구멍이 생겼다. 구멍에 손을 틀어넣
고 닥치는 대로 잡아채며 꺾고 문지르니 바싹 마른
널판지들이 깨지는 소리가 사방에 진동하여 방방곡곡
에까지 미쳤다……."

　이 구절까지 읽었을 때 나는 깜짝 놀라 읽기를 멈
췄다. 왜냐하면 흥분된 공상이 나를 속인 것으로 추
측은 했지만, 그때 나는 집 안의 깊숙한 곳으로부터
런슬럿 경이 그렇게 자세하게 묘사한 그 깨지는 듯한
소리가 희미하게 들려오는 것만 같았기 때문이었다.
물론 내가 이렇게 생각한 것은 우연의 일치에 불과한
것이었다. 왜냐하면 창문들이 덜컹거리는 소리며 또
는 아직까지도 계속해서 불어오는 폭풍의 요란한 소
리 외에는 내 마음을 산란하게 할 만한 것은 아무것
도 없었기 때문이다. 나는 읽기를 계속했다.

　"…… 그러나 용사 에델렛이 문 안으로 들어가 보
니 흉악한 은둔자는 꽁무니도 보이지 않아 버럭 화를
내면서 한편으로는 깜짝 놀랐다. 은둔자가 있어야 할
그 자리에 은둔자는 없고 비늘이 번쩍거리고 불타는
혀를 가진 어마어마하게 거대한 용 한 마리가 쭈그리
고 앉아 은 마루가 깔린 황금 궁전 앞을 경호하고 있
었다. 벽에는 찬란한 놋쇠 방패가 걸려 있고 그 속에

쓰여 있기를,

　여기 들어온 자는 정복자일지어다.

　용을 죽이는 자는 이 방패를 가질지어다.

　그것을 본 에델럿이 쇠메를 들고
용의 머리를 내리치니 용은 그 앞에
푹 거꾸러져 독기를 내뿜으며 통곡하였다.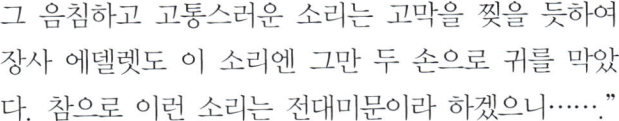
그 음침하고 고통스러운 소리는 고막을 찢을 듯하여
장사 에델렛도 이 소리엔 그만 두 손으로 귀를 막았
다. 참으로 이런 소리는 전대미문이라 하겠으니……."

　여기서 나는 별안간 다시 한번 깜짝 놀라 읽기를 그
쳤다. 어디서 들려오는지는 알 수 없으나 먼 곳에서
낮게 들려오는, 그러나 날카롭고 길게 이어지는 애원
하는 듯한 소리, 이 소설에서 묘사한 용의 기괴한 통
곡소리가 이런 것이 아니었을까 상상하던 것과 조금도
다름없는 소리를 이번에는 확실히 들었기 때문이다.

　나는 두 번째의 기괴한 우연의 일치에 놀라 극도의
공포를 느꼈지만, 어셔의 과민한 신경을 자극시켜서
는 안 되겠기에 꾹 참으면서 마음을 가라앉혔다. 어
셔도 이 무서운 소리를 들었는지는 확실히 알 수 없
었다. 하지만 최후의 몇 분 동안 그의 태도에 이상한
변화가 나타난 것만은 분명했다.

　처음에는 나와 마주앉아 있던 그가 점점 의자를 돌

려 나중에는 방문 쪽을 향해 앉게 되었고 그 때문에 그가 무어라고 중얼거리느라 입술이 부들부들 떠는 것이 보이기는 했지만 그의 옆 모습밖에는 볼 수가 없었다. 그는 머리를 푹 숙이고 있었으나 얼핏 그가 눈을 크게 부릅뜨고 있는 점으로 미루어 보아 자고 있는 것이 아니라는 것만은 알 수 있었다. 그는 조용히 그러나 쉴 새 없이 일정하게 몸을 좌우로 흔들고 있었다. 그의 이런 모습을 흘끔 살펴본 후에 나는 다시 책을 읽어나갔다.

"······ 이제 무서운 용의 격노를 모면한 용사 에델렛, 그 놋쇠 방패에 씌어 있는 마력을 없애버릴 생각으로 눈앞에 있는 용의 시체를 한쪽으로 치워 놓은 뒤 배에다 힘을 주고 용감하게 은 마룻바닥을 쿵쿵 울리며 방패가 걸린 벽 쪽으로 달려드니, 그가 가까이 오기도 전에 놋쇠 방패는 쿵 하는 무서운 소리를 내며 용사의 발 근처 마루 위로 떨어졌다······."

라는 구절이 내 입술 사이로 흘러나오자마자 바로 그때, 놋쇠 방패가 실제로 은 마룻바닥에 무겁게 떨어진 것처럼 뚜렷하고도 무거운 금속성의 둔탁한 소리가 내 귀에 들려왔다. 나는 너무 놀라 의자에서 벌떡 일어났다.

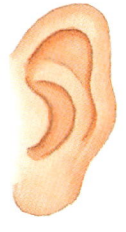

어셔는 변함없이 몸을 좌우로 흔들고 있었다. 나는

그가 앉아 있는 의자로 달려갔다. 그의 두 눈은 앞을 뚫어지게 바라보고 있었고 얼굴에는 딱딱하고 엄숙한 빛이 떠돌고 있었다. 내가 그의 어깨에 손을 얹자 그는 전신을 부들부들 떨며 미소를 지었다. 그는 나의 존재를 잊은 듯 들리지도 않는 낮은 목소리로 뭐라고 빠르게 중얼거렸다.

그에게로 가까이 허리를 굽히고서야 겨우 그의 입에서 나오는 끔찍한 말들을 알아들을 수가 있었다.

"저 소리가 안 들려? 아냐, 들리지……. 아직까지도 들리는 걸. 오랫동안……, 오랫동안. 몇 분씩, 몇 시간씩, 여러 날 그 소리가 들렸어. 하지만 나는 감히 입 밖에 내지 못했네. 이 비참하고 못난 놈을 불쌍히 여겨주게! 나는 감히 입 밖에 내지 못한 거야! 우리는 누이동생을 생매장해 버렸단 말일세! 내 감각이 예민한 것은 자네도 잘 알지 않나? 알고 있었나? 그 텅 빈 지하실에서 누이동생이 관을 빠져나오려고 꿈틀거리는 희미한 소리가 들려왔네. 며칠 전에 벌써 그 소리를 들었지……. 그러면서도 나는, 나는 감히 말을 하지 못한 거야!

그런데 이제, 오늘 밤에는 에델렛이라니……. 하! 하! 은둔자의 집 문이 부서지는 소리, 용이 죽는 소리, 방패가 쨍! 울리며 떨어지는 소리라니! 아니, 그것은 누이동생의 관이 열리는 소리, 그리고 지하실 철문의 돌쩌귀가 삐걱거리는 소리, 굴속의 동판 깐 마룻바닥에서 그 애가 나오려고 기를 쓰는 소리였다네!

아! 어디로 도망쳐야 할까? 그 애가 곧 이리 오지나 않을까? 내 성급한 행위를 책망하러 달려오는 것이 아닐까? 계단을 올라오는 그 애의 발소리가 들리지 않나? 그 애 심장이 무겁고도 무섭게 뛰는 소리가 들리지 않느냐고! 응, 이 미친놈아!"

여기까지 말하고 그는 갑자기 벌떡 일어나 죽을 힘을 다해 한마디 한마디 버럭버럭 소리를 질렀다.

"이 미친놈아! 누이동생이 바로 문 밖에 와 서 있어!"

어셔의 초인적 외침의 기세에 주문의 힘이라도 들어 있는지 그가 가리킨 크고 낡은 문이 서서히 열리다가 불어닥친 폭풍으로 인해 무거운 흑단의 한쪽 문이 갑자기 확 열어젖혀졌다.

바로 그때, 문 밖에는 수의를 입은, 키가 크고 호리호리한 메델라인이 서 있었다. 흰 옷에는 붉은 피가 묻어 있었고 몸 군데군데에서는 격렬한 몸부림의 흔적이 역력히 보였다. 잠시 그녀는 문 앞에서 부들부들 떨며 서 있다가 비틀거리며 안으로 들어와 나지막한 신음소리와 함께 방 안에 있는 오빠에게로 픽 쓰러졌다. 그는 단말마의 격렬한 고통으로 마룻바닥에 넘어지자 그만 숨을 거두고 말았다. 그가 예견했

던 바와 같이 어셔는 공포에 대한 희생물이 되고 만 것이다.

나는 너무 두려워 그 방으로부터, 그리고 그 저택으로부터 도망쳤다. 오래된 포석이 깔린 길을 달리고 있을 때 폭풍은 분노를 일으키듯이 휘몰아쳤다.

그때 갑자기 한 줄기 이상한 빛이 길 위를 비췄다.

내 뒤에는 다만 황량한 저택과 저택의 그림자 말고는 아무것도 없었기 때문에 어디서 이런 빛이 흘러나왔나 하여 뒤돌아보았다. 그것은 천천히 저물어가고 있는, 피가 흐르듯이 새빨갛고 둥그런 만월의 빛이었다. 붉은 달빛은 이 저택에 방문했을 때 보았던, 그 전에는 보일까말까 했던 벽이 갈라진 틈 사이로 음산하게 비치고 있었다.

우두커니 서서 바라보고 있으려니 그 갈라진 벽의 균열은 점점 넓어지고…… 거대한 회오리바람이 강하게 한 번 몰아치더니 내 눈앞에 갑자기 붉은 달이 둥그렇게 나타났다. 그와 동시에 저택의 거대한 벽들이 무너져 내리며 산산조각으로 쏟아지는 것을 보았을 때 나는 현기증이 일어났다.

거센 파도소리처럼 격렬한 외침소리가 한참 동안이나 들리더니 내 발치에 있는 깊고 어두침침한 늪이어서 저택의 파편을 아무 말 없이 음울하게 삼켜버리고는 곧 수면을 닫았다.

도둑 맞은
편지

도둑 맞은 편지

지나친 연구는 오히려 지혜에 방해가 된다.

―세네카―

18××년. 바람 부는 어느 가을날 어둠이 막 깔리는 저녁 무렵이었다. 나는 파리 교외의 생제르맹의 뒤노 가 3층 33호에 있는 친구 C.오귀스트 뒤팽의 조그마한 서재에서 그와 함께 명상과 해포석(海泡石) 파이프의 여유를 누리고 있었다.

적어도 우리들은 한 시간이나 깊은 침묵 속에 잠겨 있었다. 누가 밖에서 보았다면 방 안의 공기를 무겁게 짓누르는 자욱한 담배 연기의 소용돌이에 휩싸여 정신을 놓고 있는 것처럼 보였을 것이다.

그러나 나는 뒤팽과 화제를 나누었던 어떤 문제를 마음속으로 되새기고 있었다. 그것은 모르그 가 사건과 마리 로제 살해 사건의 이면에 얽힌 비밀이었다.

그러므로 방문이 활짝 열리며 우리들이 잘 아는 파리 경시총감 G씨가 들어왔을 때는 무슨 우연의 일치가 아닌가 하는 생각이 들었다.

우리들은 그를 반가이 맞아들였다. 그는 야비한 면도 있었지만 대신에 유쾌한 사람인데다가 수년 간은 그를 만나지 못했기 때문이었다. 그때까지 우리들은 석양 속에 그냥 있었으므로 뒤팽이 램프에 불을 켜려고 일어섰는데, G가 상당히 골치 아픈 사건에 대하여 내 친구의 의견을 들으러 왔다는 말을 듣자 불을 켜지 않고 다시 앉아 버렸다.

"숙고해야 할 문제라면 어둠 속에서 생각하는 것이 더 나을 테니까."

하고 뒤팽이 말했다.

"또 당신의 묘한 버릇이 나왔군요."

총감은 무엇이든 자기가 이해할 수 없는 것은 모두 '묘한데!' 라고 해버리는 습관이 있었다. 묘한 것투성이 속에 살아온 사람이었다.

"그런가요?"

뒤팽은 그에게 담배를 권하고 안락의자를 그쪽으로 밀어 주며 대답했다.

"그런데 그 골치 아프다는 사건은 대체 어떤 것입

니까? 또 살인 사건은 아니겠죠?"

하고 내가 물었다.

"아뇨, 이번에는 좀 다릅니다. 사실 아주 간단한 사건이므로 우리들만으로도 충분히 해결할 수 있을 것이라고는 확신합니다만, 사건이 너무 묘해서 뒤팽 씨도 그 사건의 전말을 알고 싶어할 것 같아서요."

"간단하고도 묘하다?"

뒤팽이 말했다.

"그렇습니다. 그런데 반드시 그렇다고만은 할 수 없죠. 사건이 너무도 간단해서 손댈 길이 없단 말이죠. 그래서 아주 골치가 아프단 말입니다."

"그렇다면 사건이 너무 간단하기 때문에 도리어 당신들이 실수를 했다는 말이군요."

"그럴지도 모르죠."

총감은 껄껄거리며 아주 유쾌하다는 듯이 대답했다.

"어떤 면으로는 그 미스터리가 지나치게 단순하더 군요."

뒤팽이 말했다.

"아니, 그런 새로운 학설도 있나요?"

"좀 지나치게 단순명료하다는 말이죠."

"하하, 뒤팽 씨한테는 여전히 못 당하겠군요."

총감은 아주 재미있다는 듯이 웃음을 터뜨렸다.

"그런데 그 사건이라는 것은 어떤 겁니까?"

내가 다시 물었다.

의자 깊숙이 앉은 다음 총감은 담배를 진지하고 심각하게 한 모금 길게 들이마시면서 대답했다.

"간단히 얘기하겠습니다. 그 전에 부탁해 둘 것은 이 사건을 절대 비밀로 해달라는 겁니다. 만일 내가 누구에게든지 발설했다는 것이 알려지면 아마 나는 현직을 떠나야 될 것이오."

"얘기해 보시지요."

"아니면 그만두거나……."

이건 뒤팽이 한 말이었다.

"그러면 시작하겠습니다. 어느 고위층 부서로부터 궁중에서 아주 중요한 문서가 없어졌다는 정보를 비밀리에 들었습니다. 그런데 그것을 훔친 사람은 알고 있습니다. 그것은 의심할 여지가 없습니다. 훔치는 현장을 직접 보았으니까요. 그리고 그것이 아직까지 그 사람의 손에 있다는 것도 알고 있습니다."

"그것을 어떻게 아십니까?"

뒤팽이 물었다.

"그 문서의 성질로 봐서 그것이 그 자의 손으로부터 다른 사람의 손으로 넘어가면, 다시 말해서 그의 계획대로 어딘가에 사용했다면 당장 발생할 결과가 나타나지 않는 것으로 미루어보아 확실히 그렇다고 추측할 수밖에 없습니다."

"무슨 말씀인지 이해하기 어렵군요. 좀더 자세히……."

내가 또 말참견을 했다.

"그럼 좀더 얘기를 하자면, 그 문서는 그걸 가지고 있는 자에게 권력을 즉, 힘이 있는 어떤 부서에 대해 강력한 권력을 행사할 수 있습니다."

총감은 외교적 말투를 쓰기 좋아했다.

"아직도 무슨 말인지 모르겠군요."

뒤팽이 말했다.

"아직 모르겠다고요? 제삼자에게 그 문서가 폭로되면 이름을 밝힐 수 없는 극히 신분이 높은 분의 명예에 치명상이 됩니다. 즉, 문서를 훔친 자가 그 분에 대해 권세를 부리게 된다는 말입니다."

"그렇지만 권세를 부릴 수 있으려면, 문서를 잃어버린 사람이 훔친 녀석을 알고 있다는 것을 훔친 자 또한 알고 있어야 되지 않겠습니까? 그렇지 않고서야 어떻게 감히……."

내가 또 끼어들었다.

총감이 말을 이었다.

"그 도둑은 신사다운 일이든 아니든 간에 무슨 일이든 서슴지 않고 행하는 D장관이랍니다. 훔친 방법도 대담하지만 교묘하게도 훔쳤지요.

문제의 문서는 —솔직히 얘기하면 한 장의 편지는 궁중의 귀부인이 내실에 혼자 있을 때 받았습니다. 그 편지를 읽고 있는 중에 마침 상대 권력의 고위층 인사가 들어 왔습니다. 숨겨야 하는 편지를 급한 바람에 책상 위에 둔 채로 겉봉이 위로 나오고 알맹이는 재빨리 가려서 다행히 편지는 발각되지 않았습니다.

　바로 그때 D장관이 들어왔습니다. 그의 살쾡이 같은 예리한 눈은 귀부인의 얼굴에 떠오른 당황한 기색을 살펴 잽싸게 책상 위의 편지에 적힌 주소의 필적을 알아보았으며 편지에 비밀이 숨겨져 있음을 대뜸 알아챈 것입니다.

　여느 때와 다름없이 사무를 처리한 다음, 그는 문제의 편지와 다소 비슷한 자신의 편지를 꺼내어 펴들고 읽는 척하다가 귀부인의 편지 옆에 바짝 대놓았답니다. 다시 십오 분 가량 공무에 관한 얘기를 하더니 나갈 때 슬쩍 귀부인의 편지를 들고 나가버렸습니다.

　물론 편지의 주인인 그분은 그것을 보고 있었지만, 앞에 바로 제삼자인 고위층 인사가 있었으므로 D장관의 행위를 저지할 수가 없었습니다. 장관은 아무 소용없는 자기의 편지를 귀부인의 책상 위에 놓은 채 유유히 나가버린 것입니다."

　"자, 이젠 자네가 말한 권세를 휘두르기에 필요한 여러 조건들이 모두 나왔군. 도둑 맞은 분이 훔친 녀석을 알고 있다는 것을 훔친 당사자 또한 알고 있으니까."

뒤팽이 나에게 말했다.

"그렇죠. 이렇게 얻어진 권세는 지난 수개월 동안 매우 위험할 정도로 정치상의 목적에 사용되고 있었습니다. 도난 당한 분은 어떻게 해서든지 그 편지를 되찾아야 했지만 문제는 공공연하게 처리할 수가 없어 절망 끝에 결국 나에게 일임했습니다."

"당신보다 총명한 경찰은 찾을 수도 상상할 수도 없었겠지요."

뒤팽은 자욱한 담배 연기 속에 파묻혀 말했다.

"비행기 태우지 마시오. 아마 그랬는지도 모르지요."

"총감 말씀과 같이 편지가 아직까지 장관 수중에 있는 것은 확실합니다. 편지를 없애버리는 것보다는 조용히 가지고 있는 편이 유리할 테니까요. 편지를 어떻게든 써버리면 권세가 없어질 판이 아닙니까?"

하고 내가 말하자 G가 동의했다.

"맞습니다. 나도 그 확신하에 일을 해 나갔습니다. 내가 제일 먼저 한 일은 D장관의 저택을 철저히 수색하는 것이었습니다. 당연히 장관에게 들키지 않고 수색을 해야 하는 것이 제일 큰 문제가 되었죠. 우리의 계획이 그의 의심을 사게 된다면 위험해질 수 있을 테니까 특히 조심하라는 경고를 받았습니다."

"그런 수색쯤이야 총감에겐 누워서 떡 먹기겠죠. 파리 경찰은 이런 일에 있어선 많은 경험이 있지 않습니까?"

하고 내가 말했다.

"네, 그야 그렇죠. 그래서 나는 걱정도 하지 않았습니다. 더군다나 장관의 습관은 우리가 저택을 수사하기에 더욱 편했습니다. 장관은 가끔 집을 비우더군요. 그리고 몇 명 안 되는 하인들은 주인 방에서 멀리 떨어진 방에서 자는 데다가 대부분이 나폴리 사람들이었으므로 웬만큼만 술을 먹으면 그만 곯아떨어지더군요.

아시다시피 나는 파리의 어떤 방이든지, 어떤 서랍이든지 열 수 있는 만능 열쇠를 가지고 있습니다. 그 열쇠로 지난 3개월 동안 내가 직접 D장관의 집을 수색하지 않은 날이라곤 하룻밤도 없었습니다. 내 명예와도 관계되는 일이고 밝히기는 뭐하지만 보수도 막대합니다. 그래서 편지가 숨겨져 있을 만한 곳은 빼놓지 않고 샅샅이 수색했다고 생각합니다만 훔친 자가 나보다도 훨씬 지능적인 것을 알고 나는 수색을 단념했습니다."

"그렇지만 이럴 수도 있지 않을까요?"

하고 내가 의견을 내었다.

"물론 그 편지가 아직까지 장관의 손안에 있다 하더라도 집 밖에 감춰뒀는지도 모르지 않습니까?"

뒤팽이 나의 말에 이의를 제기했다.

"그건 거의 불가능할 걸. 왕궁의 현재의 특수한 사태, 특히 D장관이 관련되어 있는 음모의 사태로 미루어 보아 편지를 금방 꺼낼 수 있도록 준비해 두는 것이 편지를 가지고 있는 것 못지않게 중요하단 말일세."

"금방 꺼낼 수 있도록 준비해 두다니?"

하고 내가 물었다.

"말하자면 비상사태에 찢어버리기 쉽게라든지."

"옳아, 그렇다면 편지는 확실히 집 안에 있겠군. 장관이 몸에 지니고 다니지는 않을 테니까."

"네, 그렇습니다. 두 번이나 강도인 척하고 내 손으로 직접 몸을 뒤져 보았습니다."

총감이 말했다.

"그런 성가신 일은 안 해도 좋았을 걸 그랬군요. D도 바보는 아닐 테니 그쯤이야 당연히 예상하고 있었겠죠."

뒤팽이 말했다.

"아주 바보는 아니죠. 그러나 D장관은 시인입니다. 나는 시인과 바보를 이웃 사촌으로 생각하고 있지요."

총감이 말했다.

"그렇죠. 나도 서툰 시 나부랭이를 지어본 적이 있기는 하지만요."

뒤팽은 해포석 파이프를 심각하게 한 모금 빨며 말했다.

"수색했던 방법을 좀 자세히 말씀해 주실 수 없을까요?"

하고 내가 총감에게 말했다.

"네, 나는 이런 일에는 많은 경험을 가지고 있기 때문에 시간을 들여서 샅샅이 찾아보았습니다. 우선 방마다 가구를 조사하고 서랍은 모두 열어보았습니다.

아시다시피 능숙한 형사에게 비밀 서랍이란 있을 수 없으니까요. 이렇게 꼼꼼한 수색에 있어서 우리들의 눈을 속일 수 있는 비밀 서랍이 있다고 생각한다면 그야말로 얼간이죠. 사실은 극히 명백한 겁니다. 어떤 서랍장이든 간에 해당하는 용적이 있습니다. 그러나 우리들은 세밀한 자를 가지고 있으므로 1라인(0.2센티미터)의 50분의 1이라 할지라도 우리들의 눈을 속일 순 없죠.

옷장 다음엔 의자를 조사해 봤습니다. 그리고 쿠션 등은 우리들이 사용하는 가늘고 긴 바늘로 샅샅이 찔러보았습니다. 책상 윗면까지 뜯어 보았는걸요."

"그건 왜요?"

"간혹 책상이나 그런 비슷한 가구의 뚜껑을 뜯어 그런 곳에 물건을 감추는 예가 얼마든지 있으니까요. 또는 가구의 다리에 구멍을 뚫고 그 속에 물건을 넣은 다음 감쪽같이 뚜껑을 덮는 경우도 있습니다. 침대 다리도 이런 목적으로 가끔 사용된답니다."

"그렇지만 빈 구멍은 두들겨 보면 알지 않습니까?" 하고 내가 물었다.

"천만에요. 물건을 넣은 다음 가장자리에 솜을 잔뜩 틀어박으면 그만 아닙니까? 그뿐만 아니라 우리들은 조금이라도 소리를 내면 안 되었으니까요."

"그러나 말씀하신 그런 방법으로 감췄을 듯한 가구를 하나도 빼놓지 않고 낱낱이 뜯어 조각조각으로 분해할 수야 없었겠지요? 편지 한 장쯤이야 얼마나 되겠어요. 돌돌 말면 큰 뜨개질 바늘만한 굵기밖에 안 돼요. 그까짓 거야 의자 다리 사이에라도 틀어넣을 수 있지 않습니까? 그렇다고 해서 의자를 전부 뜯어 보지는 않으셨겠지요?"

"그야 그렇죠. 그보다 더 교묘한 방법으로 조사했습니다. 집 안의 모든 의자 다리와 모든 가구의 틈을 도수가 높은 확대경으로 조사했습니다. 만일 최근에 뜯어본 흔적만 있었다면 당장 눈에 띄지 않을 리가

있겠어요? 예를 들면 톱밥 하나라도 사과만큼 크게
보이니까요. 아교 붙인 곳이 좀 떨어져 있다든가 틈
이 조금이라도 뒤틀려 있었다면 대번에 눈이 갈 것이
아닙니까?"

"물론 화장대도 보셨겠지요? 판자와 유리 사이도
요? 그리고 커튼과 융단은 물론이고 침대와 침구도

조사해 보셨겠죠?"

"그야 물론이죠. 이렇게 모든 가구를 철저히 조사한 다음에는 집 자체를 조사했습니다. 집의 전체 면적을 여러 부분으로 나누고 바로 옆에 붙은 두 채의 집도 포함해서 빠뜨리지 않도록 번호를 붙여 온 집안을 지난번과 같이 1평방인치씩 확대경으로 조사해 보았습니다."

"옆에 붙은 두 채의 집까지도요! 참으로 대단한 수고를 하셨군요."

"네, 그랬죠. 워낙 보수가 막대하다 보니."

"집 주위의 정원도 보셨겠죠?"

"정원은 전부 벽돌이 깔려 있었습니다. 그래서 별로 힘들지 않았죠. 벽돌 사이의 이끼를 조사해 보았는데, 별로 수상한 곳이 없었습니다."

"물론 D장관의 문서들과 서재의 책들도 모두 조사해 보셨고요?"

"물론이죠. 모든 상자와 소포도 열어보았고 책도 보통 경찰들이 하듯이 다만 흔들어 보는 것으로 그치지 않고 일일이 책장을 넘겨보았습니다. 책 표지도 낱낱이 부피를 재보고 일일이 확대경으로 철저히 조사했습니

다. 최근에 제본했다면 그것이 눈에 띄지 않았을 리가 있겠습니까? 서점으로부터 배달된 몇 권의 책은 위로부터 바늘을 넣어서 세밀히 찔러 보았습니다."

"융단 아래 마룻바닥도 조사하셨습니까?"

"물론이죠. 융단을 전부 들어내어 확대경으로 마루판자 사이를 조사했습니다."

"벽지는요?"

"네, 조사하고말고요."

"지하실도 살펴보셨습니까?"

"했습니다."

"그렇다면 무슨 착오가 있군요. 그 편지는 당신이 상상하듯이 집안에는 없는 것 같습니다."

"아마 그런가 봅니다."

총감도 맥없이 동의했다.

"그러니 뒤팽 씨. 어떡하면 좋겠소. 무슨 좋은 의견이 없소?"

"다시 한 번 철저히 집 안을 조사해 보는 것밖에는."

"전혀 소용없는 일이죠. 아무래도 집안에 그 편지가 없다는 건 확실합니다."

"그렇다면 내게 더 이상 좋은 의견은 없는데요. 물론 당신은 편지의 모양은 잘 아시겠죠?"

하고 뒤팽이 물었다.

"그럼요!"

하며 총감은 수첩을 꺼내 잃어버린 편지의 내용과 특히 외형에 관해서 더욱 자세히 설명하기 시작했다. 설명이 끝나자 그는 곧 갔는데 나는 그때처럼 낙심한 그의 얼굴을 본 적이 없었다.

그 후 한 달쯤 지나 그가 다시 우리를 찾아왔는데, 우리들은 전과 다름없이 자욱한 담배 연기 속에 명상에 잠겨 있었다. 그는 우리와 함께 의자에 앉아 파이프를 들고 이런저런 얘기를 하기 시작했다. 마침내 궁금해진 내가 물었다.

"그런데 G씨, 도둑 맞은 그 편지는 어찌되었습니까? 결국 장관을 이길 수 없어 체념해 버렸습니까?"

"그 작자요? 에잇! 지긋지긋한 녀석 같으니. 뒤팽씨의 말대로 더욱 철저히 재조사해 보았습니다만 예상한 대로 헛수고였습니다."

"편지를 찾으면 제공한다던 보수는 얼마라고 하셨죠?"

뒤팽이 물었다.

"그야 막대하죠. 두둑한 보수입니다. 얼마라고 확실히 말은 못하지만 누구든지 나에게 그 편지를 찾아준다면 오만 프랑의 내 개인 수표를 서슴지 않고 내놓겠다는 것만은 이 자리에서 분명히 얘기해 두겠습

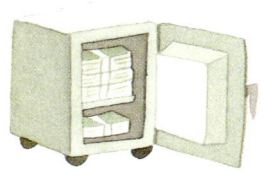

니다. 그 편지의 중요성은 날이 갈수록 더해져 보수가 두 배로 뛰었습니다. 하지만 세 배가 된다 하더라도 난 더 이상 편지를 찾을 수가 없습니다."

"하지만 G씨, 난 당신이 이 사건에 최선을 다했다고는 여겨지지 않는데요. 좀더 노력할 수 있지 않을까요?"

뒤팽이 해포석 파이프를 빨면서 느릿느릿 말했다.

"어떻게, 무슨 방법으로 말이오?"

"글쎄요. (담배를 뻑뻑 빨며) 당신은 이 사건에서 다른 사람의 충고를 들었더라면 좋았을 겁니다. 애버니디(영국의 외과의사)의 얘기를 아십니까?"

"모릅니다. 애버니디고 도깨비고 다 모릅니다."

"도깨비고 뭐고 그야 당신 마음대로이기는 하죠. 옛날 어느 구두쇠 부자가 의사 애버니디를 찾아와서는 둘이서 마주앉아 일상적인 얘기를 주고받았습니다. 그러다 구두쇠가 공짜로 진찰을 받을 속셈으로, 가령 이런 환자의 병세는 이러이러한 것으로 생각하는데 선생님 같으면 무슨 약을 쓰라고 하시겠습니까? 하는 식으로 자기 병세를 은근슬쩍 의사에게 물어봤습니다. 그랬더니 '무엇을 쓰냐고요? 그야 물론 의사의 충고를 써야지요.' 하고 애버니디가 대답했답니다."

"하지만 나는 가리지 않고 다른 사람의 충고도 듣고 보답도 하겠습니다. 이 사건을 해결해 주는 사람에게는 누구에게라도 틀림없이 오만 프랑을 제공하겠습니다."

총감은 약간 불안한 얼굴로 말했다.

"그렇다면"

하고 뒤팽은 서랍을 열어 수표책을 꺼내놓으며 말했다.

"방금 말한 금액의 수표를 써 주시오. 수표에 서명만 해주면 당장 그 편지를 드리겠소."

나는 깜짝 놀랐다. 총감 역시 마치 벼락을 맞은 사람처럼 한마디 말도 없이 꼼짝도 않고, 믿을 수 없다는 듯 입을 벌린 채 튀어나올 듯한 눈으로 뒤팽을 쳐다보고 있었다.

이윽고 정신이 돌아왔는지 펜을 들고 몇 번이나 머뭇머뭇하면서 수표책을 멍청히 내려다보더니, 오만 프랑의 수표에 서명한 다음 책상 너머 뒤팽에게로 돌려주었다. 뒤팽은 수표를 확인한 다음 지갑에 집어넣더니 책상 서랍을 열어 문제의 편지를 꺼내 총감에게 주었다.

총감은 기뻐서 어쩔 줄 몰라 그것을 꼭 움켜쥔 다음 떨리는 손으로 급히 펴서 편지의 내용을 읽더니, 비틀거리며 문 쪽으로 달려가 인사 한마디 없이 나가

버렸다. 뒤팽이 수표에 서명해 달라고 말한 때부터 그는 줄곧 아무 말도 못했던 것이다.

총감이 허둥지둥 가버리자 뒤팽은 궁금해 하는 나에게 자세한 설명을 해주었다.

"파리의 경찰은 그 방면에 있어선 아주 유능하지. 끈기도 있고 교묘하면서 교활하고 직무상 필요한 지식은 충분히 가지고 있다네. 그래서 총감이 D장관의 집 안을 조사한 수색 방법을 얘기했을 때에는 그가 노력한 범위 내에서는 최선을 다했으려니 하고 전적으로 그의 말을 믿었네."

"그가 노력한 범위 내에서는 말이지?"

"그렇지. 그가 사용한 방법은 최상의 것일  뿐 아니라 절대적으로 안전하게 실행되었을 테니 편지가 그들의 수색 범위 내에 감춰져만 있었다면 반드시 눈에 띄었을 것일세."

나는 별 생각없이 웃고 있었으나 뒤팽은 진심으로 얘기하고 있는 것 같았다.

"채택된 방법도 훌륭했고 실행도 빈틈이 없었단 말일세. 하지만 옥의 티는 그런 방법이 상대자에게는 적합하지 않았다는 점일세. 총감이 자랑하는 아주 교묘한 수단이라는 게 실상은 프로크루스테스(그리스 신화에 나오는 강도로서 붙잡은 나그네의 몸이 자기 침대보다 크면 잘라버리고, 짧으면 침대길이에 맞추어 몸을 길게 늘였다.)의 침대와 같은 것으로 그는 그 침대에 자신의 계획을 억지로 두들겨 맞추었던 것이지. 그는 당면한 사건에 대하여 지나치게 가볍게 생각하거나 혹은 지나치게 깊이 생각하여 항상 실패한단 말일세.

이런 점에 있어선 어린아이가 그보다 훨씬 더 영리하단 말이야. 나는 여덟 살 가량 된 어떤 아이를 알고 있는데 그 애는 '홀짝놀이'에서 너무도 잘 알아맞혀 늘 이겼다네. 작은 돌멩이로 하는 간단한 놀이로 여러 개의 돌을 한 손에 쥐고 '홀수냐? 짝수냐?' 하고 물어서 맞히면 맞힌 애가 따게 되고 틀리면 물었던 애가 따게 되는 거라네.

방금 내가 얘기한 그 아이는 친구들의 돌을 몽땅 딴 거야. 물론 그 아이에게는 잘 맞힐 수 있는 원칙이 있었다네. 그것은 단순히 상대방의 머릿속을 잘 관찰하여 추측한 것에 지나지 않았네.

가령 상대가 아주 멍청하다고 치세. 그 아이가 손을 들며 '홀수냐? 짝수냐?' 했을 때 이 아이가 '홀수다' 해서 그만 지게 되었다고 하세. 그러나 다음번에는 이기지. 왜냐하면 이 아이는,

'이 바보가 첫 번째에는 짝수로 이겼으니까 이 아

이의 머리 정도라면 두 번째는 기껏해야 홀수를 쥘 것이다. 그러니 이번에는 홀수를 불러봐야지.'

라며 '홀수!'를 불러 이긴단 말일세.

상대가 그보다 좀 나은 아이라면 이 아이는 이런 식으로 추리하겠지.

'이 녀석은 내가 처음에 홀수라고 해서 틀렸으니까 두 번째는 짝수에서 홀수로 바꿔볼까 하다가 너무 단순하다고 생각해서 결국 조금 전과 똑같이 짝수로 할 것이다. 그렇다면 짝수다.' 하며 또 이긴단 말이지.

자, 이 아이의 이런 식의 추리 방법을 다른 아이들은 요행수로 단정해 버리는데, 그게 정말 요행일까? 이것이 아이들 간에 재수가 좋다는 말을 듣는 그 아이의 추리법이야. 자, 이 아이의 논법을 분석하면 무엇이겠나?"

"그야 추리자의 지적 능력과 상대자의 지적 능력의 일치에 불과한 거 아니겠나?"

"바로 그걸세! 그래서 내가, 너는 어떻게 해서 그렇게 잘 알아맞혀 이길 수 있었느냐고 그 아이에게 물어보았더니 이렇게 대답하더군.

'상대가 누구든지 얼마나 영리할까 또는 바보일까, 선량한가 불량한가, 혹은 지금 무슨 생각을 하고 있을까 알고 싶을 때에는 내 얼굴의 표정을 그 아이의 표정에 가능한 한 비슷하게 만들어요. 그 다음에는

표정에 따라오는 나의 마음에 어떤 생각이나 어떤 감정이 떠오르나 기다리면 되는 거죠.'

이 어린아이의 대답에는 라 로쉬푸코(프랑스 윤리학자), 라 브뤼에르(프랑스 윤리학자), 마키아벨리(이탈리아 정치가), 캄파넬라(이탈리아의 신부, 철학자. 나폴리 독립운동가) 등에서 엿보인 허위의 심각성보다 더 깊은 논리가 있는 것일세."

"결국 자네의 말은 추리자의 사고력과 상대자의 사고력의 일치는 상대방의 사고 능력을 확실히 추측하고 있느냐 없느냐에 달려 있다는 것이군."

"그것의 실제적 가치는 바로 거기에 달려 있는 거지. 총감과 그 부하들이 여러 번 실패한 것은 우선 이 일치가 없었던 것과, 두 번째의 원인은 상대방의 사고력을 오산한 것, 아니 전혀 계산하지 않은 데에 있네.

그들은 자기네들의 재주만 믿고 자신들이 감출만한 방법으로만 물건을 찾으려고 했지. 그것은 보통 사람들도 갖고 있는 재주일 뿐이야. 하지만 특별한 범인의 교활함이 그들의 재주보다 뛰어날 때에는 말할 것도 없이 범인에게 진다는 말일세.

상대방의 지능이 그들의 지능 이상인 경우에는 반드시 넘어가고, 또 이하일 때에도 질 수 있다네. 그들은 수색의 원칙에 있어 임기응변이 없더군. 비상사

태이거나 보수가 막대하다면 원칙에서 좀 벗어나 보려고도 하지 않고 고작 한다는 짓이 그들의 상투적인 수단을 확장하거나 반복하는 정도였지.

예를 들면 G의 경우에도 수색의 원칙에 무슨 변화가 있었나? 구멍을 파보거나 송곳으로 쑤셔보거나, 두드려보거나 확대경으로 자세히 살펴보거나 집안을 평방인치로 나누어 번호를 매긴 것이 무슨 소용이란 말인가? 그따위 것들은 총감이 오랜 재직 중에 습득한 보통 사람의 지능을 토대로 한 수색 방법 중 몇 개 원칙을 확대하여 응용한 것이 아니고 무엇인가?

그는 사람들이 다 반드시 의자 다리에 구멍을 파고 편지를 감추지는 않는다 하더라도, 당연히 사람의 눈에 띄지 않는 구멍이나 틈에 편지를 감출 것이라고 짐작한 것이 아니겠나?

자네는 어떨 것 같나? 이렇게 눈에 띄지 않는 구석에다 감춘다는 것은 보통의 지능을 가진 사람들이 흔히 하는 짓일세. 물건을 감출 때 이런 식으로 힘들게 감춰진 물건은 금방 추측되기 쉽고 실제로도 추측되는 것이라네. 그러므로 그것을 발견해 내는 것도 수색자의 예민한 통찰력에 있는 게 아니라 단지 주의력과 열성과 결단 때문일세.

그러므로 사건이 위중한 것이나 보수가 굉장할 때

라도 총감의 수색 방법이 조금도 변함이 없었다는 것일세. 다행히 도둑 맞은 편지가 총감의 수색 범위 내에 있었더라면 즉, 상대방의 은닉의 원칙이 총감의 수색 원칙에 포함되어 있었다면 편지의 발견은 의심할 여지도 없었을 테지만 불행하게도 총감은 그에게 철두철미 지고 말았단 말일세.

G의 실패의 원인은 D장관이 시인이었기 때문에 그를 바보라고 단정해 버린 데에 있는 거야. '모든 시인은 바보다.' 라고 총감은 단정하고 이 전제로부터 추론을 내려 판단이 개념을 끌어내지 못하는 오류를 범한 것일세."

"그런데 정말 장관이 시인이었나? 그의 형제가 모두 학계에 이름을 날리고 있다는 것은 알지. 장관도 미분학에 대한 훌륭한 저술도 있어 수학자인 것은 확실하지만 시인은 아닐 걸세."

"아니, 그건 자네의 오해야. 난 장관을 잘 알고 있는데 그는 시인 겸 수학자로서 추리를 잘 하지. 수학자뿐이었다면 그렇게 추리를 잘 할 수 없었을 거고 아마 총감의 수사에 걸려들었을 걸세."

"여보게, 그렇다면 세상의 여느 의견과 모순이 아닌가. 자네는 수세기 동안 내려오는 정설을 무시하는 건 아니겠지. 수학적 추리 방법은 오랫동안 최상의 추리력으로 인정되어 오지 않았나?"

"단언할 수 있는 것은"

뒤팽은 샹포르(프랑스 문학가)의 말을 인용하여 대답했다.

"모든 세속적 관념 또는 세속적 관례는 대다수가 대중의 의견에 적용되는 것으로 한마디로 어리석은 일일세. 수학자들은 자네가 말한 통속적인 오류를 보급시키는데 전력을 다해온 셈이지. 그것이 진리로서 보급되어 왔다고 해도 오류는 역시 오류거든. 예를 들면 그들은 이런 곳에 쓰기에는 좀 어울리지 않는 '분석' 이라는 말을 대수에 교묘하게 적용시키고 있거든. 이 특수한 기만은 프랑스인이 장본인이지.

하지만 만일 용어에 중요성이 있다면 즉, 용어가 그 적용으로부터 가치를 유도한다면 라틴어의 Ambitus가 영어의 Ambition(야망)을 의미하고, religio가 religion(종교)을, 또한 homines honesti 가 영어의 honorable men(훌륭한 사람)을 의미하는 것처럼 analysis(분석)가 algebra(대수)를 유도해내지."

"자네는 파리의 대수 학자들에게 선전포고를 하는 것인가?"

"나는 추상적 논리 이외의 특수한 형식에서 발달한 추리의 효력 또는 가치에 항의하는 것일세. 수학적 연구에서 유도된 이론을 나는 반대하네. 수학은 형식과 수량의 과학이고, 수학적 추리라는 것은 형식과 수량에 관한 관찰에 적용된 논리에 지나지 않은 것일세. 그런데도 순수 대수학의 진리가 추상적 혹은 보편적인 진리라고 가정한 것이 큰 오류일세. 그리고 이 오류가 놀랄 만큼 일반적으로 통용되고 있다는 것에 대해선 정말 심각하게 생각하지 않을 수 없네.

수학의 공리가 보편적 진리의 공리는 아닐세. 형식과 수량의 관계에 대하여 진리인 것이 윤리학에선 큰 오류로 되는 경우가 많거든. 윤리학에 있어서 부분의 집합이 전체와 같다는 것은 대개 진리가 아닐세.

화학에 있어서도 공리는 소용이 없네. 동기를 고려할 때도 그렇지. 왜냐하면 각기 일정한 가치를 가진 두 개의 동기는 그것을 합치더라도 반드시 개개의 가치의 합과 같은 가치를 가진 것이라고는 할 수 없으니까 말일세. 관계의 범위 안에서만 진리인 수학적 진리는 이 밖에도 얼마든지 있네. 그러나 수학자들은 습관상 그들의 진리가 절대적으로 보편적 적용을 가지고 있는 것처럼 주장하고, 세상 사람들도 그와 같이 생각하고 있는 것일세.

브라이언트(영국 고고학자)가 그의 해박한 저서 〈신화학(神話學)〉에서 '이교도의 우화를 믿지 않으면서도 우리들은 으레 그 사실을 잊어버리고 그것을 실화처럼 인정하고 그런 우화로부터 추론한다.'라고 한 말은 똑같은 오류의 근원을 지적한 말일세. 대수 학자들의 경우는 이교도의 우화를 믿고 있으며 그들의 추론은 기억상실이기보다 설명할 수 없는 두뇌의 혼란스러움에서 나오고 있는 걸세.

요컨대 나는 등근(等根) 이외의 것으로 신용할 수 있는 수학자, 혹은 x^2+px가 무조건 q와 같다는 것을 슬그머니 자기의 신조로 삼지 않는 수학자를 아직까지 만난 적이 없네. 시험 삼아 수학자의 한 사람에게 x^2+px가 q와 같지 않을 수 있다고 말해 보게. 그것을 이해시켰다 해도 곧 도망치지 않으면 큰일이 날 걸세. 틀림없이 자네를 때려눕히려고 할 테니까."

내가 그의 얘기를 듣고 웃었더니 뒤팽은 말을 이었다.

"내 얘기의 취지는 만일 D장관이 수학자에 불과했더라면 총감은 이 수표를 나에게 줄 필요는 없었을 걸세. 그러나 나는 그가 수학자인 동시에 시인인 것을 알았네. 나는 그의 환경의 여러 가지를 고려하여 내 잣대를 그의 능력에 맞추었던 것일세.

나는 그를 아첨꾼이며 또 대담한 음모가로 알고 있었지. 이런 사람은 경찰의 상투적인 수단을 잘 알고

있었을 것이고, 강도로 위장한
경찰이 밤길에 잠복해 있을 것
을 예상하지 못했을 리가 없
네. 그리고 결과는 그가 예측
한 대로 모두 들어맞았단 말
이야. 물론 가택 수색도 당할
거라 예상하여 가끔 밤에 집을 비
워둔 것을 총감은 호기라고 좋아했지만, 사실은 경찰
에게 충분한 수색의 기회를 주어서 편지가 집안에 없
다는 확신을 -G는 결국 넘어갔네만- 주기 위한 모
략에 지나지 않네.

은닉된 물품 수색에 관한 경찰의 상투적 방법에 관
해 내가 힘들여 자세히 설명한 것쯤이야 분명히 장관
의 머리에도 떠올랐을 거야. 그래서 보통의 은닉 방
식을 피했을 것이네. 그의 집안의 아무리 복잡하고도
눈에 띄지 않는 곳이라도 총감의 눈과 바늘이나 송곳
과 확대경을 피할 수 없을 거라는 것을 생각 못할 만
큼 바보는 아니라고 나는 확신했던 거지.

결국 나는 그가 '어수룩한' 방법을 취할 거라는 걸
간파했네. 의식적으로 그런 방법을 선택하지 않더라
도 말일세. 우리들이 총감을 만난 날 말일세. 너무 단
순한 사건이라서 오히려 그를 괴롭힌 것인지도 모르
겠다고 말했을 때 총감이 배를 잡고 웃어댄 것을 자

네는 기억하고 있겠지."

"그랬지, 생각나네. 참 유쾌하게 웃었지. 나는 총감의 웃음보가 터진 줄 알았네."

"물질계에는 비물질계와 유사한 것이 얼마든지 있거든. 그러므로 은유와 비유는 논쟁을 강하게 하고 문장을 아름답게 하기 위하여 만들어진다는 수사학상의 독단이 다소 진리의 색채를 띠게 되는 것일세.

예를 들면 관성의 법칙은 물리학이나 형이상학에 있어서 동일한 것같이 생각되네. 물리학에 있어서 큰 물체는 작은 물체보다도 움직이기가 힘이 들고 그에 따르는 운동량은 이 힘에 정비례하는 것인데, 이 사실은 형이상학에 있어서 보다 더 큰 지적 능력은 열등한 지적 능력보다도 동작에 있어서 더 강하고 불변하며 효과적이지만, 처음 움직일 때는 좀처럼 움직이지 않고 주저하게 되는 것과 마찬가지일세.

자넨 거리의 상점에 걸려 있는 간판 중에서 어떤 것이 눈에 가장 잘 띨 것인지 생각해 본 적이 있나?"

"그런 건 생각해 본 적 없는데."

"지도를 펼쳐 놓고 하는 지명 찾기라는 게임이 있네. 한쪽이 어떤 지명을 부르면서 상대편에게 찾으라고 하는 거야. 도시나 강, 혹은 나라 등 아무튼 지도 표면상의 어떤 지명이라도 상관없네. 게임에 서툰 풋내기는 괜히 깨알만한 지명으로 상대편을 곯리려고 하지만 게임에 익숙한 사람은 큰 글자로 지도에 가득 펼쳐진 이름을 선택하는 거야. 이렇게 너무 큰 글자로 쓴 지도의 지명이나 거리의 간판과 광고들이 도리어 사람들의 눈에 띄지 않는 것이라네.

이렇게 못 보고 지나치는 물리적 착각은 지적 능력도 있는 사람이 오히려 너무 명백한 것에 생각이 미치지 못하여 그대로 지나쳐 버리는 정신상의 부주의와 흡사한 것일세. 그러나 이것은 총감의 상대가 총감보다 지적 능력이 이상이었든가 또는 이하였을 수도 있지. 총감은 장관이 편지를 어떤 사람에게 들키지 않도록 세상 사람들의 바로 코밑에다 감춰둘 거라고는 꿈에도 생각지 못한 것일세.

그래서 나는 D장관의 대담하고도 당돌하면서 영리한 두뇌의 교묘함을 염두에 두고, 상투적인 수색 방법으로는 찾을 수 없다는 총감 자신이 제공한 결정적인 정보를 생각하였다네. 나는 장관이 편지를 언제든지 손닿는 곳에 두어야 하며 감추기 위해 애를 쓴 흔적을 남기지 않으려는 영리하고도 지혜로운 방법을 채택한 것을 알았지.

나는 이 같은 생각으로 맑게 갠 어느 날 아침에 푸른 안경을 쓰고 장관 댁을 방문했다네. 장관은 마침 집에 있었네. 여전히 하품이나 하며 피곤해 하고 무료해서 견딜 수 없다는 듯한 태도더군. 세상에 이 작

자처럼 정력가는 없을 거야. 아무도 보는 사람이 없
을 때에 그렇단 말일세.

나는 장관 못지않게 눈이 나빠져서 안경을 쓰지 않
으면 안 되었다고 불평하며 주인의 얘기에 귀를 기울
이고 있는 척 안경으로 주의를 돌려놓고 방 안을 둘
러보았네.

나는 장관의 큰 책상을 특히 주의했지. 그 위에는

여러 통의 편지와 문서, 두서너 개의 악기와 몇 권의 책이 어지럽게 놓여 있더군. 한동안 유심히 살펴보았지만 특별히 의심할 만한 것이라곤 아무것도 없었지.

방 안을 휘휘 둘러보다 마침내 나의 시선은 벽난로 한복판 아래에 있는 조그마한 구리 집게로부터 지저분한 파란 리본이 매달려 있고 금속으로 장식되어 겉만 번드르르한 마분지 편지꽂이에 멈췄네. 서너 칸으로 나뉘어 있는 이 편지꽂이에는 몇 장의 명함과 함께 한 통의 편지가 들어 있더군. 이 편지는 아주 더럽게 구겨져 있었는데 처음에는 버릴 것으로 찢어버리려다가 그냥 꽂아둔 것처럼 가운데가 둘로 찢어져 있었네. 그 편지에는 크고 시커먼 봉인이 있었고 뚜렷하게 D라는 기호가 있었으며, 가느다란 여자 필적

으로 D장관에게 보낸 것이었네. 그것은 편지꽂이 제일 위 칸에 아무렇게나 꽂아둔 듯이 꽂혀 있었네.

나는 이거야말로 찾고 있던 편지임에 틀림없구나 했지. 물론 이 편지는 총감이 우리들에게 자세히 설명한 것과는 판이하게 달랐네. 이 편지의 봉인은 크고 시커먼 D라는 기호였네. 총감이 말한 편지는 작고 빨간 봉인에 S집안의 공작 문장이 있다고 하지 않았나? 또 총감이 말한 편

지의 주소는 어느 왕족이라고 했는데 이 편지의 주소는 여자 필적으로 쓰여 있었어. 다만 편지의 크기만 일치하더군. 이렇게 극단적으로 다른 점과 함께, 손때가 묻어 더럽고 찢어진 편지의 상태가 D의 빈틈없는 일상생활 모습과는 모순되어 보이더군. 게다가 보는 사람으로 하여금 하찮게 보이려는 의도라든가, 편지가 모든 방문자의 눈에 띌 수 있는 곳에 아무렇게나 놓여 있는 점들이 내가 내린 결론과 완전히 일치하는 것이었지. 이런 사실들은 편지를 찾을 목적으로 온 내가 충분히 의심할 만하더군.

나는 가능한 오랫동안 시간을 끌면서 그의 관심을 끌고 감동시킬 만한 논제를 끌어내어 장관과 열심히 토론하는 척하며 편지로부터 일순간도 주의를 놓치지 않았네. 대화 도중 틈틈이 살펴보면서 나는 편지의 겉모습과 편지꽂이에 꽂혀 있는 모양을 머릿속에 깊이 새겨 넣었지.

그러다가 미심쩍은 점을 발견하고는 나의 조그마한 의혹마저 깨끗이 사라졌다네. 편지 모서리를 유심히 살펴보니 필요 이상으로 구겨져 있었단 말이야. 딱딱한 종이가 한 번 접혀져 그 위를 집게로 누른 다음 그 꺾인 곳과 반대쪽으로 다시 꺾을 때 나타나는 갈라진 선이 있었네. 이것만으로도 충분했지. 편지가 장갑처럼 뒤집혀져 주소가 고쳐지고 다시 봉인을 한 것이 확실했네.

나는 장관에게 작별인사를 하고 일부러 금제 담뱃갑을 책상 위에 놔둔 채 집으로 돌아왔네.

다음날 아침에 나는 담뱃갑을 찾는다는 핑계로 장관 댁을 방문하여 전날에 우리들이 했던 토론을 계속 이어서 했지.

이때 창문 아래에서 권총 소리 같은 탕! 하는 소리가 들려오고 연이어 놀란 사람들의 비명소리가 들려왔네. 깜짝 놀란 장관은 창 쪽으로 달려가 창문을 열고 밖을 내다보았네.

그 순간 나는 편지꽂이 있는 곳으로 급히 다가가 그 편지를 꺼내 호주머니에 넣은 다음 외관상으로는 똑같은 가짜 편지를 대신 놓아두었네. 그것은 D기호를 흉내 내어 빵으로 만든 봉인으로 집에서 미리 만들어 가지고 간 것일세.

거리의 소동은 총을 가진 사내의 미친 짓 때문에 일어난 것이었지. 부인들과 아이들에게 발포했지만 탄알이 없는 공포탄을 쏜 것이 밝혀져 미친 사람이나 주정꾼으로 취급하여 금방 석방되었다네. 나는 찾던 편지를 손안에 넣자 장관을 따라 창 옆으로 가 서 있었지. 주정꾼이 사라지자 장관은 자기 자리로 돌아오고 나도 인사를 한 후 그 집을 나왔네. 짐작했겠지만 주정꾼의 소동은 내가 시킨 것이었다네."

"그런데 말일세. 왜 가짜 편지 같은 걸 그곳에 넣어두었나? 자네가 처음 방문했을 때 찾았으니 그냥 빼오지 않고."

"아니지. D장관은 물불을 가리지 않는 대담한 자거든. 또 그의 집에는 그를 위해 생명을 내던질 하인들도 여럿 있는데 어디 될 말인가? 만일 자네 말대로 했다 잘못 걸렸다간 괜히 뼈도 못 추리고 파리 시민들이 내 소식을 알지도 못하게? 그러나 이런 문제 외에도 나에겐 다른 이유가 있었지.

내가 정치적 편견을 가진 것은 자네도 잘 알고 있지 않나? 이 사건에 있어서 나는 귀부인의 당원으로 활동한 걸세. 수개월 동안 장관은 그 귀부인을 자기 세력하에 굴복시키고 있었는데, 이번에는 그가 귀부인에게 굴복당할 차례지. 편지가 그의 손에서 사라졌다는 것을 아직 모르고 있으니까 그는 여전히 제멋대로 행동할 것이 아닌가? 그러다가 곧 정치적인 파멸을 초래할 것이란 말일세.

파멸로 떨어지는 꼬락서니야말로 절벽을 굴러 떨어지는 것 같고 숨막힐 지경일 것일세. '지옥으로 떨어지기는 쉽다'고 했지만 카탈라니(이탈리아 성악가)가 성악에 관해서 얘기한 대로 고음으로 올라가는 것보다 저음으로 떨어지는 것이 더 어렵다고 하더군.

이번 경우에 나는 추락하는 자에게 아무런 동정도 하기 싫다네. 조금의 연민도 느끼지 않아. 그는 무서운 괴물에 파렴치한 천재야. 그래도 총감의 말을 흉내 낸다면, 장관이 어떤 귀부인한테 코가 납작하게 된 후에 당황하여 부랴부랴 내가 바꿔 넣은 가짜 편지를 읽게 되면 그 위인은 무슨 생각을 할까 그 꼬락서니를 보고 싶기는 하군."

"그럼 자네는 그 속에 무엇을 써 넣었단 말인가?"

"그냥 백지만 넣기도 좀 뭐하잖아. D장관을 모욕하는 것 같기도 하고. D는 언젠가 한번 빈에서 나를 몹시 애먹인 적이 있었어. 나는 그때 불쾌한 것을 꾹 참으며 언젠가는 이 일을 설욕하겠노라고 마음먹었지. 그의 뛰어난 지략보다 한걸음 앞선 녀석이 누군지 궁금해할 텐데 단서를 남기지 않는 것도 안된 일이지 않나. 그도 내 필적을 알고 있으니 백지 가운데에 다음과 같은 글을 써 넣었네.

이러한 무참한 계획은
아트레에게는 적당치 않을지 몰라도
티에스트에게는 어울릴 것이다.

이 글은 크레비용의 〈아트레와 티에스트〉(그리스 신화의 복수극) 1절이라네."

사이렌들이 어떤 노래를 불렀는지, 또는 아킬레스가 여자들 틈에 몸을 숨겼을 때 어떤 가명을 썼는지 알아내기는 어려운 문제이나 추측이 전혀 불가능한 것은 아니다.

—토마스 브라운 경—

분석적인 것으로 알려진 정신 기능 자체는 분석이 거의 불가능하다. 분석을 통해 얻어내는 결과에서나 그 분석력을 짐작할 수밖에 없다. 그것에 대하여 확실한 것 중의 하나는 그런 능력의 충분한 혜택을 받고 있는 자는 분석이 생생한 기쁨의 원천이라는 점이다. 체력이 튼튼한 자가 육체적인 능력을 자랑하며 근육을 움직이는 일에 기쁨을 발견하듯이 분석가는 '해명한다'는 정신적인 활동을 기쁘게 여기는 것이다.

분석가는 그런 능력을 발휘할 수 있는 일이라면 아무리 사소한 일이라도 거기에서 기쁨을 찾아낸다. 그

는 수수께끼나 난제, 암
호를 좋아하며 그것들
을 해명할 때에는 보통
사람들이 보면 초인적
이라 여겨지는 예리함
을 보여준다. 따라서 그

가 내리는 결론은 질서정연한 순서를 거쳐 얻어지는
것임에도 불구하고 직감적인 해답처럼 생각된다.

　해명 능력은 수학 연구, 특히 최고 분야인 '분석
학'에 의하여 크게 고양될 수 있다는 것은 사실이다.
그러나 역행 조작을 활용한다는 것만으로 당연하게
분석학이라는 명칭을 붙이고 있는 것은 잘못이다. 왜
냐하면 계산하는 것이 곧 분석하는 것은 아니기 때문
이다. 예를 들어 체스를 두는 사람은 계산은 하지만
분석을 하려고 하지 않는다. 그러므로 체스가 지능
발달에 유용하다고 하는 이론은 아주 의심스럽다.

　물론 나는 지금 논문을 쓰려고 하는 것이 아니다.
단지 기괴한 이야기를 하기에 앞서 생각나는 대로 하
찮은 의견을 약간 피력하려는 것뿐이다.

　이 기회를 빌려 주장하고 싶은 것은 보다 고도의
분석력은 교묘하고 번거로운 체스에서보다는 한결 단
순한 체커(서양 바둑)에서 보다 결정적으로, 그리고
보다 유용하게 발휘될 수 있다는 점이다. 체스에서는

말이 저마다 다르게 제멋대로 이동하고 말의 의미도 여러 가지로 변한다. 그것은 단지 복잡한 것에 지나지 않음에도 불구하고 흔히 깊이 있는 것으로 착각하기 쉽다.

다만 체스에서는 주의력이 중요하다. 한 순간이라도 주의가 산만해지면 제대로 보지 못해 막대한  손해를 입기도 하고 큰 실패를 맛보기도 한다. 말을 이동시키는 방법이 복잡하므로 제대로 보지 못할 가능성은 배로 커진다. 그러므로 이기는 것은 대개 주의력이 있는 사람이며 명석한 사람이 아닌 것이다.

그와 반대로 체커에서는 말의 움직임이 일정하며 변칙적인 움직임은 거의 없으므로 실수할 가능성은 적어져 단순한 주의력은 비교적 문제가 되지 않는다. 그러므로 명석한 사람이 유리한 게임이다.

조금 더 구체적으로 이야기해 보자. 체커 게임 중에 말이 킹 네 개만 남았다고 하자. 물론 이렇게 되면 우선 실수하여 보지 못하는 경우는 없을 것이며 승패는 어느 쪽이 허점을 찌르냐의 여부, 즉 기력을 강력히 작용시키느냐의 여부로 결정될 것이 분명하다.

평범한 수를 다 쓰고 나면 분석가는 상대방의 마음속에 뛰어들어 그와 일체가 된다. 그리하여 상대방이 착오에 빠뜨리게 할 수 있는 유일한 묘수(때로는 어처구니없이 단순한 수)를 발견하는 경우가 적지 않다.

휘스트는 오래 전부터 소위 계산 능력 함양에 도움을 주는 정도로 알려져 왔으나, 최고 지성의 소유자 가운데에는 체스는 시시하다고 경멸하면서도 휘스트에는 이해하기 어려울 정도로 열중하는 사람들을 흔히 볼 수 있다. 사실 휘스트만큼 고도의 분석 능력을 요구하는 게임은 없다.

세계 제일의 체스 명수는 단지 체스의 명수에 지나지 않는다. 그러나 휘스트에 능하다는 것은 지능으로 우열을 겨루는 인간 활동의 여러 분야에 있어서도 성공할 능력을 구비하였다는 것을 의미하게 된다. 그런데 여기서 능하다는 것은 게임에 있어서의 완벽성이라는 뜻이며, 그 완벽성에는 정당한 이점을 얻을 수 있는 급소를 모두 알고 있는 자질도 포함하고 있다. 이런 급소는 수도 많지만 형태도 다양한지라 평범한 사색으로는 도저히 도달할 수 없는 사고의 내면 깊숙이 숨겨져 있는 것이 보통이다.

빈틈없이 관찰한다는 것은 확실하게 기억한다는 이야기이다. 이 점에서는 주의력이 있는 체스의 명수라면 휘스트도 꽤 잘할 것이며, 게임을 만든 호일의 법칙도 -그것은 본래 게임의 단순한 방법에 기초를 둔 법칙이므로 아무에게나 충분히 이해될 수 있는 종류의 것이라고 할 수 있다.

그런데 분석가의 능력이 발휘되는 것은 단순한 법칙의 한계를 넘어설 때이다. 그는 조용히 일련의 관찰과 추리를 한다. 그런데 그런 일은 다른 사람도 할 것이다. 그렇다면 획득된 정보의 깊이에 차이가 생기는 것은 추리의 옳고 그름에 의한다기보다는 관찰의 질에 따라 다르다.

필요한 것은 무엇을 관찰할 것인지를 알고 있는 일이다. 분석가는 틀에 얽매이지 않는다. 게임이 목적이라고 해서 게임 이외의 추리를 거부하지 않는다. 그는 자기 쪽의 얼굴 표정을 음미하고 상대방의 표정과 상세히 비교 검토한다.

분석적인 사람은 각자의 카드 분류법, 흔히 으뜸패는 으뜸 패끼리 같은 패는 같은 패끼리 분류하는 법을 알아낸다. 손에 든 카드를 들여다보는 시선을 통해서이다. 게임이 진행되는 동안 상대편의 표정 변화를 일일이 관찰하여 자신 있는 표정, 놀란 표정, 의기양양한 표정, 아까운 듯한 표정 따위의 차이에서 사색의 재료를 수집한다. 트릭을 집어 드는 태도에서 그것을 잡은 자가 또 하나의 짝을 맞출 수 있는지 어떤지를 판단한다.

카드를 테이블에 던지는 동작으로도 상대방의 과장된 태도 속에 무엇이 숨겨져 있는가를 간파한다. 슬쩍 또는 무심코 내뱉는 한 마디, 우연히 카드 한 장이 떨어지거나 뒤집혀졌을 때 당황해하느냐 아니면 여유로운 얼굴을 유지하느냐, 카드를 세고 배열하는 순서나 당황, 망설임, 서두름, 몸의 경련 등 그런 것 일체가 한편으로는 직관적인 그의 지각력에 진상을 간파하는 단서를 제공해 주는 것이다.

게임을 한두 차례 또는 세 차례쯤 치르고 나면 분석가는 각자가 갖고 있는 패를 완전히 파악하고 그 다음부터는 모두가 카드의 그림을 내보이고 있는 것처럼 아주 정확하게 차례차례로 패를 끊어갈 수 있는 것이다.

분석적 능력을 단순한 재주와 혼동해서는 안 된다. 분석가는 재주가 있지만 재주 있는 자가 분석을 못하는 경우는 흔히 있기 때문이다. 흔히 재주가 잘 발휘되는 구성 능력 또는 결합 능력을 골상학자들은 −내 생각으로는 잘못이지만− 원시적 기능으로 간주하여 머리 이외의 다른 기관에서 나오는 것으로 규정하고 있는데, 백치에 가까운 지능의 소유자에게서 그런 능력이 빈번히 나타나 정신 연구가들의 많은 관심을 끌어왔던 것이다.

재주와 분석 능력의 차이는 공상과 상상력의 차이보다는 훨씬 크지만 그 차이의 성질은 비슷하다. 재주가 있는 사람은 공상적이며, 상상력이 있는 사람은 항상 분석적임을 알 수 있을 것이다.

이제부터의 이야기는 독자들에게 앞에서 서술한 명제에 대한 일종의 주석처럼 비춰질지도 모르겠다.

나는 18××년 봄에서 초여름에 걸쳐 파리에 머무르고 있었는데, 그곳에서 C. 오귀스트 뒤팽이라는 인물을 사귀게 되었다.

이 젊은 신사는 명문 집안 출신이었으나 잇달은 불운으로 말미암아 활력을 잃은 나머지 세상에 나아가 활약하겠다든가 집안을 다시 일으키겠다든가 하는 희망을 접고 있었다. 채권자들의 호의로 유산의 일부가 아직 그의 명의로 되어 있었으므로 여기서 나오는 수입으로 검약한 생활을 하며 그럭저럭 일상의 양식을 확보하고 있었는데, 파리에서 쉽게 구할 수 있던 책이 그의 유일한 사치품이었다.

그를 처음 만난 것은 몽마르트 거리의 이름 없는 도서관에서였다. 우연히 우리 두 사람은 똑같이 희귀한 어떤 책을 찾다가 그것을 인연으로 친해지게 되었으며 그 후로도 우리는 자주 만났다.

프랑스인들은 자신의 일을 화젯거리로 삼을 때에는 무척 솔직했는데 그런 솔직함으로 그가 이야기해 준 자기 가족사에 대해 나는 많은 흥미를 느꼈다. 또 그의 광범위한 독서에도 감탄했지만 그보다는 자유분방한 상상력과 발랄한 신선미에 나 자신도 깊이 자극을 받고 있었다.

당시 나는 어떤 물건을 찾기 위해 파리에 왔었는데 나에게는 이런 사람과의 교제가 더할 수 없이 유익한 일이라고 느꼈으며, 나의 느낌을 그에게 솔직하게 말했다. 그런 이유로 내가 파리에 머무는 동안은 둘이서 함께 지내자는 데 의견이 일치했다.

주머니 사정은 내가 다소 나은 편이었으므로 집세와 가구 등의 비용은 내가 부담하기로 하고, 포부르 생 제르맹의 황량한 구석에 쓰러지기 직전의 꼴로 서 있는 고색창연하고 기괴한 저택을 빌렸다.

자세히 알아보지는 않았으나 여하튼 어떤 미신 때문에 사람이 오랫동안 살지 않았던 이 저택을 우리는 우리 두 사람의 공통된 기질인 다소 환상적이고 우울한 성격에 맞는 스타일로 장식했다.

이 집에서의 일상생활이 세상에 알려졌다면 우리는 틀림없이 미치광이 취급을 받았을 것이다. 하기야 남에게 해를 끼치지 않는 미치광이였겠지만…….

우리는 세상과의 인연을 완전히 끊고 지냈는데 외

부의 사람들을 일체 출입시키지 않았다. 물론 이 은 신처는 나의 친한 친구에게조차 알려지지 않도록 충분히 조심하였고, 뒤팽 역시 파리에서 지인들과 소식을 끊고 지낸지 이미 오래였다. 우리는 둘만의 세계에 살고 있었던 것이다.

내 친구는 공상하는 취미가 있었으며 밤을 무척 좋아하였다. 밤에 매혹된다는 것이었다. 나는 차차 이 '변덕스러운 공상'에 물들어 마침내 나 자신마저 그의 자유분방한 공상에 완전히 빠져들고 말았다.

밤의 여신이 계속 머물러주기를 바랄 수는 없지만 밤을 위조할 수는 있었다. 첫새벽 동이 트는 즉시 우리는 낡은 건물의 육중한 덧문을 전부 닫고 촛불을 두 개 켰다. 강한 향기를 지닌 촛불은 어슴푸레한 새벽빛이나 한낮의 강렬한 태양 광선마저 내모는 것이었다.

이런 준비를 갖추고 나서 독서하고 글을 쓰며 토론을 하는 등 분주한 몽상 속을 헤매고 있으면 시계의 종소리가 진짜 밤이 왔음을 알려주었다. 그러면 우리는 팔짱을 끼고 성급히 거리로 뛰어나가 낮의 토론을 계속하든가, 한밤중에 멀리까지 걸어다녀 이 큰 도시의 요기 어린 빛과 그림자가 교차하는 곳에 조용한 탐색을 통하여 무한한 마음의 교양을 구하든가 하는 것이었다.

　당연히 그의 풍부한 상상력을 예상하고는 있었으나 이럴 때는 으레 뒤팽의 특이한 분석 능력에 새삼 감탄하지 않을 수 없었다. 물론 그가 자랑하는 일은 없었지만 분석력을 발휘하는 일에 큰 기쁨을 느꼈으며, 그런 기쁨을 스스럼없이 말했다.

　그는 킥킥 입속으로 웃으며 자기의 관점에 의하면 대개의 사람들은 가슴에 창을 달고 있다고 장담했다.

곧 구체적이고 놀라운 증거를 들어 나의 심중 따위는 완전히 간파하고 있다는 자신의 주장을 입증해 보이는 것이었다.

그럴 때의 그의 태도는 냉담했으며 신들린 듯이 보이기도 했다. 눈에서 표정이 사라지고 평소에 중후한 테너음성이던 것이 갑자기 고음으로 변해, 만약 말투가 온화하지 않고 분명한 어조가 아니었다면 발작이라도 일으키는 것처럼 들렸을 것이다.

이런 상태의 그를 보고 있으면 나는 가끔 고대 철학의 '이중 영혼설'이 생각나 창조적인 뒤팽과 분석적인 뒤팽이라는 두 사람의 뒤팽이 존재하는 것은 아닐까 하는 묘한 공상에 잠기는 것이었다.

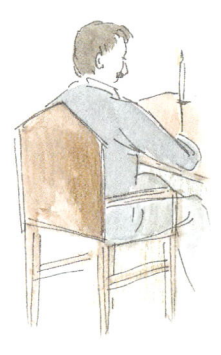

여기서 미리 일러둘 것은 이렇게 말한다고 해서 괴담을 늘어놓으려는 것도 공상소설을 쓰려는 것도 아니라는 점이다. 내가 이 프랑스인에 대해서 자세히 서술하는 이유는 병적인 지성의 결과에 대해 말하려는 의도이다. 앞에서 말한 경우에 그가 어떤 말을 했느냐 하는 것은 실례를 들어 설명하는 것이 이해하기가 가장 쉬울 것이다.

어느 날 밤, 우리는 팔레 루아얄 부근의 길게 뻗은

지저분한 거리를 거닐고 있었다. 둘 다 깊은 생각에 잠겨 한참 동안은 서로 말 한마디 꺼내지 않고 있었다. 그런데 갑자기 뒤팽이 이런 말을 하였다.

"과연 그 작자는 키가 작아. 만담이나 하는 무대에 알맞겠군."

"그건 틀림없어."

내 생각에 열중하고 있었으므로 나도 모르게 대답했다.

처음에는 그가 나의 생각에 파장을 맞춘 신기한 방법을 당장은 눈치 채지 못했다. 그러다 문득 제정신으로 돌아온 나는 몹시 놀라 정색하고 물었다.

"뒤팽, 이건 뜻밖이로군. 아니, 너무 놀라서 내 귀를 의심할 지경이야. 어떻게 그것을 알 수 있었지? 내가 마음속으로 생각하고 있던 것을……."

여기서 나는 말을 멈추었다. 내가 누구를 생각하고 있었는지 그가 정말로 알고 있었는지 어떤지를 정말로 확인하고 싶었던 것이다

"샹틸리 일이지"

하면서 그가 이어 말했다.

"왜 말을 멈추지? 저렇게 키가 작아서야 비극에 맞지 않는다고 생각하고 있었잖아?"

그것은 틀림없이 방금 전 내 사색의 주제였다. 샹틸리는 생 드니 거리의 구두 수선공이었는데 연극에

푹 빠져 크레비용(프랑스의 극작가)의 비극 〈크세르크 세스〉의 주인공을 한다고 나섰다가 형편없이 망신만 당했다.

나는 다급히 말했다.

"부탁이야, 말해 줘. 내가 무슨 생각을 했는지 쪽집게같이 알아낼 수 있는 방법 말이야. 그 방법이 있다면……."

사실 겉으로 표현한 것보다도 훨씬 더 나는 그의 보이지 않는 능력에 놀라고 있었다.

뒤팽이 대답했다.

"그 과일장수 말이야. 그 사람 때문에 자네는 그런 결론에 도달한 거지. 그 구두 수선공이 〈크세르크세스〉나 그 비슷한 역을 맡기에는 키가 작다고 말이야."

"과일장수라고? 이건 뜻밖이군. 과일장수는 한 사람도 아는 사람이 없는데……."

"이 거리로 들어섰을 때 자네와 부딪친 사나이 말일세. 그렇지, 이젠 십오 분 전쯤에 말이야."

그러고 보니 커다란 사과 광주리를 머리에 인 과일장수가 내게 부딪쳐 나를 넘어뜨린 것은 사실이며, 그것은 C거리에서 이 거리로 막 들어오려는 때의 일이었다. 그러나 이것이 샹틸리와 어떻게 결부되는지 나로선 전혀 짐작이 가지 않았다. 뒤팽이 속임수를 쓰려는 기색은 털끝만큼도 없었다.

"그럼 설명하지."

하고 *그가* 말하기 시작했다.

"잘 이해할 수 있도록 우선 내가 자네에게 말을 건 시점부터 문제의 과일장수와의 부딪침까지 자네의 사고 과정을 거슬러 올라가 보기로 하지. 대충 말해서 자네 사고의 줄거리는 이렇게 될 거야. 샹틸리, 오리온성좌, 니콜스 박사, 에피쿠로스, 스테레오토미, 도로의 포석, 과일장수 이런 식이지."

인생의 어느 순간에, 자신의 생각이 어떻게 여기에 도달했는가를 거꾸로 더듬어 보는 것에 흥미를 느끼지 않을 사람은 없으리라. 그런 과정에는 종종 흥미진진한 무엇이 있어서 이런 일을 처음 해보는 사람은 출발점과 도달점과의 사이의 무한한 거리와 모순에 아연해지는 것이다. 그러므로 이 명석한 프랑스인의 주장을 듣고 더구나 정확성을 인정하지 않을 수 없을 때 나의 놀라움이 어떠했는지 상상하기 어렵지 않으리라.

"내 기억이 틀림없다면 C 거리를 지나가기 직전 우리 는 말(馬) 이야기를 하고 있 었지. 그것이 우리의 마지막  화제였어. 이 거리에 들어왔을 때 커다란 광주리를 머리에 인 과일장수가 우리 곁을 스쳤지. 그 순간 자네는 포석더미 위로 쓰러졌어. 수리 중인 보도에 돌

이 쌓여 있어 발이 걸려 넘어진 거지. 자네는 발목을 약간 삐어 아팠는지 불쾌한 인상을 짓고 한두 마디 중얼거리더니 돌무더기에 눈길을 보내고는 다시 묵묵히 걷기 시작했어.

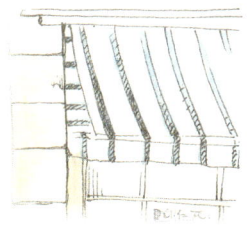

나는 자네의 행동에 특별히 주의하고 있었던 건 아니야. 다만 요즘에는 세밀히 관찰하는 일이 습관이 돼서 말이야.

자네는 계속 땅을 보며 걸어갔어. 도로의 구멍이나 수레바퀴 자국을 언짢은 듯이 힐끗힐끗 보며 걸었기 때문에 자네가 아직도 돌에 대해서 생각하고 있구나 했던 거야.

우리는 마침내 라마르틴이란 이름의 작은 거리에 들어섰지. 그 길에는 포석을 고정시키는 포장 방식으로 포석이 깔려 있었어. 이곳에 오자 자네 얼굴이 갑자기 밝아지면서 중얼거렸어. 그것을 보고 자네가 '스테레오토미(절석법)'라는 말을 했다고 확신했네. 이런 도로 포장 방식에 대한 명칭이니 말이야.

자네가 스테레오토미라고 중얼거렸다면 그 다음에는 원자(原子)를 생각했을 테고 나아가서 에피쿠로스의 학설을 연상하지 않을 수 없으리라고 믿었네.

바로 며칠 전에 자네와 이 문제를 논의했었지. 위대한 에피쿠로스의 막연한 추측이 최근에 발표된 니

콜스 박사의 성운 우주 창조설에 의해 증명되었음에
도 불구하고 사람들의 이목을 거의 끌지 못했다고 말
한 적이 있었지 않나.

그래서 나는 자네가 오리온성좌의 그 대성운에 마
음이 갔을 거라고 생각했고 틀림없이 그러리라 확신
하고 있었다네. 아니나 다를까 자네는 하늘을 쳐다봤
네. 내가 자네의 사고 궤적을 정확히 더듬어 왔다는
것에 대해 확신을 얻게 되었지.

그런데 어제 〈뮈제〉지의 샹틸리를 무자비하게 헐뜯
었던 기사를 보았나? 기사를 쓴 비평가는 구두 수선
공이 연극을 한답시고 이름을 바꾼 것을 비꼬면서 우
리가 가끔 화제로 올렸던 그 라틴어 시구를 인용하고
있었지.

'처음의 문자는 옛 소리를 잃었도다.'

자네에게 말한 적이 있는 것 같은데 이것은 옛날의
우리온(Urion)이 오리온(Orion)으로 변한 것을 말한
문구야. 그 설명을 할 때 내가 꽤 기발한 말을 해서
자네가 기억하리라 생각했지. 따라서 자네가 오리온
과 샹틸리를 결부시키리라는 건 분명했네.

자네 입술에 떠오른 미소를 보고 그 두 가지를 연
결시킨 것을 알았네. 자네는 그 불쌍한 구두 수선공의
낭패를 생각했겠지. 자네는 그때까지 몸을 움츠리며
걷고 있었는데 갑자기 허리를 쭉 펴더군. 그 순간 나

는 자네가 샹틸리의 작은 키에 대해 생각했다는 것을 명백하게 확신했다네. 내가 자네의 명상 중간에 끼어 들어, 과연 그 작자는 키가 작아. 샹틸리는 만담이나 하는 무대에 알맞겠다고 말한 것은 바로 그때였지."

이런 일이 있고 난 후의 일이었다.

〈가제트 데 트리뷰노〉의 석간신문을 살피고 있는데 다음과 같은 기사가 우리의 주의를 끌었다.

기괴한 살인 사건이 일어났다. 오늘 새벽 3시경 생 로스 가의 주민들은 계속되는 무서운 비명에 잠이 깨었다. 비명소리는 레스파네 부인과 딸 카뮤 레스파네 양이 살고 있는 모르그 가의 건물 4층에서 들려오는 것이 분명했다.

경관 두 사람이 달려오고 이웃 사람 열 명 정도가 몰려와 건물 안으로 들어가려 했으나 문이 열리지 않았다.

시간이 지체되었으나 겨우 쇠지레로 문을 비틀어 열고 건물 안으로 들어갔다. 그 무렵 비명은 그쳐 있었다.

그런데 몰려온 사람들이 1층에서 2층으로 통하는 계단을 뛰어 올라가고 있을 때 건물의 3, 4층 근처에서 다투는 듯한 거친 목소리가 두세 번 똑똑히 들렸다. 2층 층계참에 이르렀을 때에는 그 소리마저 그쳐서 사방은 아주 고요해졌다.

사람들은 흩어져서 각 방을 살펴보았다. 4층 안쪽의 넓은 방문이 안에서 잠겨 있었으므로 억지로 비틀어 열고 들어가 봤다. 그런데 차마 눈뜨고 볼 수 없는 끔찍한 광경이 펼쳐져 있어 그 자리에 있었던 사람들을 몸서리치게 했다.

실내는 난잡하게 어지럽혀져 있었는데 가구는 부서져 사방 가득히 파편이 떨어져 있었다. 하나밖에 없는 침대에서는 침구가 바닥 한복판에 내동댕이쳐져 있었다. 의자 위에는 피투성이의 면도칼이 있었고, 벽난로 위에는 회색빛의 기다란 사람 머리카락이 피투성이 된 굵은 뭉치가 두셋 있었는데 아마도 뿌리째 뽑힌 것 같았다. 바닥에는 나폴레옹 금화 네 개, 토파즈 귀고리 한 개, 은 스푼 세 개 그리고 작은 숟가락이 세 개 그리고 약 사천 프랑쯤 되는 금화가 들어 있는 두 개의 주머니 등이 여기저기 흩어져 있었다.

방 한쪽의 옷장 서랍은 마구 흐트러진 채 열려 있었으나 안의 물건들은 그대로 남아 있었다. 뚜껑이 열려 있는 소형 철제 금고가 침구 아래에서 발견되었는데, 열쇠가 꽂힌 채 안에는 몇 개의 낡은 편지와 그다지 중요하지 않은 서류들만 있었다.

레스파네 부인의 모습이 보이지 않아 찾아보았다.

벽난로에 꽤 많은 검댕이 묻어있기에 굴뚝을 조사한 결과, (기사로 하기에도 꺼림칙하지만) 딸의 시체가 머리를 거꾸로 하여 처박혀 있었다. 거꾸로 좁은 굴뚝에 억지로 밀어넣은 모양이다. 몸이 아직 따뜻하여 살펴보니 굴뚝에 밀어올렸다가 이번에 다시 끌어내려지면서 몸에는 수많은 상처와 찰과상들이 나 있었다. 얼굴은 심하게 긁힌 상처투성이이고 목에는 시꺼먼 타박상과 깊은 손톱자국이 패인 것으로 보아 피해자는 교살된 것으로 짐작되었다.

건물 안을 샅샅이 수사했으나 더 이상 아무것도 발견되지 않아 사람들이 건물 뒤쪽의 뜰에 나가 보았더니 그곳에 노부인의 시체가 있었다. 목이 심하게 찢겨져 있어 시체를 들어올리려는 순간 머리가 굴러 떨어졌다. 머리도 그렇지만 몸통도 무참하게 마구 찢겨져 있었다.

현재까지의 경위로 보아 이 끔찍한 사건에 대한 해결의 단서는 아무것도 없는 모양이다.

이튿날 조간신문은 다음과 같은 내용을 게재했다.

모르그 가의 참극, 그야말로 괴상하고 흉악한 사건에 관련하여 다수의 참고인이 조사를 받았으나 사건 해명의 단서는 무엇 하나 발견되지 않았다. 이하는 중요 증언들이다.

세탁부 폴린 뒤부르 부인의 증언

증인은 피해자 두 사람과 3년 전부터 알고 지냈다. 이 기간 동안 세탁물을 도맡아 했기 때문이다. 노부인과 딸 사이는 좋았으며 서로 위로하고 지냈다. 세탁비는 정확하게 지불했다. 살림살이나 수입  원에 대해서는 잘 모르지만 부인은 생계에 보태려고 점을 치는 것 같았다. 돈을 저축하고 있다는 소문이 있었다. 세탁물을 가지러 가든가 세탁한 것을 가져다 줄 때 집 안에서 다른 사람을 본 일이 없다. 사람을 부리고 있지 않은 것이 분명했다. 4층 이외에는 어디에도 가구류는 없는 것 같았다.

담뱃가게 주인 피에르 모로의 증언

증인은 4년 동안 소량의 담배 및 코담배를 레스파네 부인에게 팔아왔었다. 증인은 이 근처 태생으로 지역의 토박이다. 노부인과 딸은 그 건물에서 6년 이상 살고 있었다. 이 건물의 주인은 레스파네 부인이다. 그 이전에는 보석상에게 세를 주었었는데, 그가 위층 방들을 온갖 사람들에게 싸구려로 세를 주어 집

세를 챙겼다. 세든 사람들이 그녀의 건물을 함부로 사용하는 것이 못마땅하여 자신이 직접 들어오고 나서는 아무에게도 방을 빌려주지 않았다. 노부인은 순진한 데가 있었다.

증인이 딸을 본 건 6년 동안 대여섯 번밖에는 없다. 두 사람은 세상과 고립된 생활을 하고 있었다. 부자라는 소문이 있었다. 근처 사람들에게서 부인이 점을 친다는 이야기를 들은 적이 있지만 꼭 그렇다고 믿지는 않는다. 노부인과 딸 외에는 짐꾼이 한두 번, 의사가 여덟 번 내지 열 번 정도 그 건물로 들어가는 것을 보았을 뿐이다.

그 밖에 많은 이웃 사람들이 거의 비슷한 내용의 증언을 했다. 이 집에 자주 드나들었다는 사람은 한 사람도 없었다. 레스파네 부인과 딸의 친척이 생존해 있는지의 여부는 알 수 없었다. 길 쪽으로 면한 창의 덧문이 열려져 있는 일은 좀처럼 없었다. 건물 뒤쪽의 창은 그 4층 뒤쪽 방의 창을 제외하고는 항상 닫혀져 있었다. 좋은 건물로 아직 그리 낡지 않았다.

경관 이시도르 뮈제의 증언

증인은 새벽 3시경 신고를 받고 그 건물로 달려갔
는데 이삼십 명의 사람들이 건물 입구에 떼지어 들어
가려 하고 있었다. 문을 못 열고 있어 결국 총검으로
비틀어 열었다. ─쇠지레가 아니다.─ 문은 겹문, 또는
여닫이문이라고 하는 것으로 아래위 모두 볼트가 걸
려 있지 않았으므로 여는 데는 그다지 힘들지 않았다.

비명소리는 문이 열릴 때까지 계속되다가 갑자기
그쳤다. 그것은 극심한 고통을 당하고 있는 어떤 한
사람(또는 그 이상의 사람)이 지르는 비명 같았는데,
크고 길게 꼬리를 무는 것이었지 짧고 빠른 것은 아
니었다. 증인은 선두에서 계단을 올라갔다.

1층의 층계참에 이르렀을 때 큰 소리로 화를 내며
다투는 두 사람의 음성이 들렸다. 하나는 굵고 탁한
음성, 또 하나는 몹시 날카로운 아주 기괴한 음성. 굵
은 음성에서 나오는 말 중 몇 마디는 분간할 수 있는
프랑스어였다. 여자 음성이 아니었다는 것은 확실하
다. "어이쿠!"라든가 "저런!"이라고 하는 소리를 들을
수 있었다. 날카로운 음성은 외국인의 소리로 남자인
지 여자인지 알 수 없었다. 무슨 말인지는 알 수 없
으나 스페인어였다고 생각된다.

방과 시체의 상황에 대한 본 증인의 진술은 어제
보도된 바와 같다.

근처에서 은세공 하는 앙리 뒤발의 증언

증인은 건물에 맨 처음 들어간 일행의 한 사람. 경관 뮈제의 증언을 대강 뒷받침하고 있다. 문을 열고 안으로 들어가서 곧 문을 잠갔다. 한밤중인데도 사람들이 몰려들었으므로 혼잡을 피하고 군중들을 들어오지 못하게 하기 위해서였다.

증인의 의견으로는 날카로운 소리는 이탈리아어지 프랑스어는 아니라고 확신. 남자 소리였다고는 단언할 수 없다. 여자 목소리였을지도 모르겠다. 이탈리아어는 잘 모르므로 말을 알아들을 수는 없었지만 그 억양으로 봐서 이탈리아인이라고 믿는다.

부인과 딸과는 잘 아는 사이로 두 사람과는 가끔 이야기를 해보았기 때문에 날카로운 소리는 피해자들의 목소리가 아니었다는 것은 확실하다.

음식점 주인 오덴헤이머의 증언

이 증인은 자진하여 증언에 응했다. 암스테르담 출신으로 프랑스어를 몰라 증언은 통역을 통해서 행해졌다.

비명이 났을 때 그 건물의 옆을 지나가고 있었다. 크고 길게 꼬리를 문 비명소리는 10분쯤 계속되었다. 소름이 끼치는 고통스러운 소리를 듣고 건물에 들어간 일행 중의 한 사람으로 한 가지 점을 제외하고는 다른 증언들과 일치하였다.

날카로운 소리가 프랑스 남자였다고 확신하고 있는 점이 그것이다. 알아들을 수 없을 정도로 말이 빠르고 높낮이가 확실하지 않은 큰 소리였다. 화내고도 있지만 몹시 겁을 내는 소리는 날카롭다기보다는 귀에 거슬리는 거친 소리였다고 하는 쪽이 더 정확하다. 굵은 음성은 "어이쿠!"라는 말과 "저런!"이라는 말을 여러 번 되풀이하고 한 번만 "지독한 놈"이라고 말했다.

드롤렌 거리의 미뇨부자은행의 은행장 쥘레 미뇨의 증언.

레스파네 부인에게는 다소의 재산이 있었다. 당 은행과는 8년 전 봄부터 거래가 있었다. 틈틈이 예금을 하였지

만 출금은 전혀 없었다가 죽기 사흘 전에 처음으로 그녀가 은행에 와서 사천 프랑의 금액을 찾아갔다. 전액 금화로 지급하고 은행원 한 사람을 시켜 그 돈을 집까지 가져다주게 했다.

미뇨부자은행의 행원, 아돌프 르봉의 증언

당일 정오쯤 증인은 사천 프랑이 든 두 개의 주머니를 들고 레스파네 부인의 집까지 갔다. 문이 열리

고 레스파네 양이 모습을 나타내어 증인에게서 주머니 하나를 받고 노부인은 다른 한쪽 주머니를 받았다. 인사를 하고 그 건물을 나올 당시 길에는 인적이 없었다. 한적한 골목이었다.

양복점 주인 윌리엄 버드의 증언

집 안으로 들어간 사람들 중의 한 사람으로 영국인이다. 파리에 산 지 2년 되었다. 계단을 올라간 선두 집단의 한 사람이며 문제의 소리를 들었다. 굵은 목소리는 프랑스인이었으며 몇 가지 말을 알아들었으나 전부를 기억할 수는 없다.

"어이쿠!", "지독한 놈!"은 똑똑히 들었다. 몇 사람이 한데 얽혀 다투는 소리가 났다. 서로 뜯고 할퀴고 격투하는 것 같은 소리였다. 날카로운 소리는 굵은 목소리보다 훨씬 더 큰 소리였다. 영어가 아닌 것만은 확실하며 잘은 모르지만 독일어와 비슷했다. 여자 소리였는지도 모르겠다.

이상 증인 중 네 사람이 다시 소환되어 증언한 바에 의하면 레스파네 양의 시체가 발견된 방의 문은 경관과 사람들이 도착했을 때는 안쪽에서 잠겨 있었다. 신음소리는 물론 아무런 소리도 나지 않았다. 문을 떼밀고 들어갔을 때 인기척도 없었다. 두 개의 방

을 연결하는 문의 하나는 잠겨 있었으나 자물쇠는 걸려 있지 않았다. 양쪽 방에서 복도로 통하는 문에는 자물쇠가 걸려 있었으나 열쇠가 안에서 꽂혀 있는 채였다.

건물 앞쪽에 있는 4층 복도의 막다른 데에 있었던 작은 방의 문은 활짝 열려 있었다. 이 방에는 낡은 침대와 상자 등이 쌓여져 있었다. 이런 물건들도 일일이 들어내어 수사했다. 집안의 어느 곳도 신중한 조사가 행해지지 않은 장소는 없었다. 굴뚝도 굴뚝청소용 브러시를 집어넣어 위아래로 쑤셔보았다. 이 집은 4층 건물로 다락방이 있었는데 끈으로 여닫게 된 천장의 창문은 단단히 못 박혀 있었다. 몇 년 동안 열렸던 흔적은 없었다.

다투는 소리를 듣고 방문을 비틀어 열기까지 경과한 시간에 대한 증인의 진술은 저마다 다르다. 어떤 사람은 3분이라 하고, 어떤 사람은 5분이라 한다. 문은 좀처럼 열리지 않았다고 했다.

장의사 주인 알퐁조 가르시오의 증언

스페인 태생으로 집 안으로 들어간 일행의 한 사람이다. 그러나 2층에는 올라가지 않았다. 예민하였으므로 흥분하면 좋지 않으리라 생각했기 때문이었다. 다투는 소리는 들었다. 굵은 목소리는 프랑스인의 소리였으며 날카로운 소리는 영국인의 목소리였다. 무슨 말인지는 알아들을 수가 없었지만 억양으로 그렇게 판단했다는 것이다.

과자점 주인 알베르토 몽타니의 증언

선두에서 계단에 올라간 사람 중의 하나로 문제의 소리를 들었다. 굵은 목소리는 프랑스인의 음성이었고 몇 마디의 말은 알아들을 수 있었다. 달래고 있는 듯한 느낌이 들었다. 날카로운 소리는 말을 알아들을 수가 없었다. 빠른 어조로 높낮이가 심했다. 러시아인과 말해본 적은 없으나 러시아어같이 느껴졌다. 그 밖의 내용은 다른 증언과 같다. 증인은 이탈리아인이다.

몇 명의 증인이 다시 호출되어 증언한 바에 의하면 4층 어느 방의 굴뚝도 인간은 도저히 통과할 수 없을 정도로 좁다는 것이다. 굴뚝 청소부가 사용하는 원통 모양의 굴뚝 청소용 브러시로 집 안의 모든 굴뚝을 쑤셔보았다. 계단을 올라가는 동안 계단 밑으로 내려갈 만한 다른 통로는 없었다. 레스파네 양의 시체는

굴뚝에 꽉 박혀 있었으므로 일행 중 서너 명이 힘을
합해 끌어내리지 않으면 안 되었다.

의사 폴 뒤마의 증언

새벽녘에 검시를 위해 호출되었다. 시체는 둘 다
레스파네 양이 발견된 방의 침대 매트리스 위에 놓여
있었다.

딸의 시체에는 심한 타박상과 찰과상이 발견되었
다. 이것은 굴뚝에 쑤셔 넣어졌다는 사실을 충분히
뒷받침해 준다. 목의 피부는 몹시 벗겨져 있었다. 턱
바로 밑은 깊게 긁힌 상처가 몇 군데 있고 또 납빛
반점도 있었는데 분명 손가락으로 압박하여 생긴 것
으로 여겨진다. 얼굴의 변색이 현저하고 눈알이 튀어
나와 있었다. 혀의 일부가 물어뜯어져 있었다. 명치
의 큰 타박상은 무릎의 압박으로 생긴 것 같다.

뒤마씨의 견해에 의하면 레스파네 양은 한 사람 또
는 여러 사람에 의하여 교살되었다는 것이다.

모친의 시체는 무참히 난도질되어 있었다. 오른쪽
다리와 오른팔 뼈는 여러 군데에 많은 손상을 입고
있었다. 왼쪽 늑골 전부와 왼쪽 정강이뼈는 금이 가
고 부서져 있었다. 전신 타박 상태로 변색되어 있었
다. 가해 방법에 대해서는 단정할 수 없다. 매우 힘
센 사나이에 의하여 무거운 곤봉이나 철봉 아니면 무

거운 의자 종류의 대형 둔기를
휘둘렀을 때 이 같은 결과가 생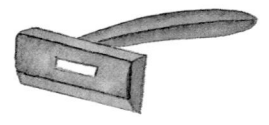
길 가능성이 있다. 여성이라면
어떤 흉기라도 이러한 타격을 가하는 것은 불가능하
다. 피해자의 목 윗부분은 몸통에서 완전히 절단되어
있었고 더구나 몹시 손상되어 있었다. 목은 분명히
면도칼로 추정되는 예리한 도구에 의해 찢겨 있었다.

외과의사 알렉상드르 에티엔이 소환되어 뒤마씨와
함께 검시했는데, 증언은 뒤마씨의 견해와 같았다.
그 밖에 몇 명이 더 조사를 받았으나 새로운 사실
은 나오지 않았다. 파리에서 이렇게 끔찍하면서도 수
수께끼 같은 살인 사건은 일어난 예가 없다. 이런 종
류의 사건은 기이하고 희귀한 일이기도 하여 경찰도
완전히 손을 든 모양이다. 더욱이 범인을 잡을 만한
단서 같은 것마저 발견되고 있지 않다.

이 석간신문이 보도하는 바에 의하면 생 로스 거리
는 아직도 놀라움이 가시지 않고 있으며, 현장에 신
중한 재수사가 시작되어 새로운 증인들이 소환되었으
나 아무런 성과가 없었다고 한다. 그러나 덧붙여 은
행원 아돌프 르봉의 체포 수감을 보도하고 있었다.
이미 보도한 사실 말고는 그를 범인으로 단정할 만한

단서는 없는 것 같은데도 말이다.

뒤팽은 이 사건에 각별한 관심을 가지고 있는 것 같았다. 그가 이 사건에 대해 아무런 말도 하지 않았으므로 단지 그의 태도로 그렇게 판단할 수밖에 없었다.

그가 이 살인 사건에 대해 나의 의견을 물은 것은 르봉이 체포되었다는 발표가 있은 다음이었다.

이 사건을 불가해한 수수께끼로 보는 점에서는 나도 모든 파리 시민과 같은 의견이라고 말할 수밖에 없었다. 다른 사람들과 마찬가지로 범인을 가려낼 수단이란 전혀 없었다.

나의 의견을 듣고 뒤팽이 말했다.

"이런 외면적인 조사만 가지고 수단을 운운할 수 있나. 파리 경찰은 총명하고 민첩하다는 평판을 듣지만 그들에게는 잔꾀가 있을 뿐이야. 그들의 수사에는 적절한 방법이라는 것이 없고 임기응변뿐이야. 여러 종류의 수사 기법을 가지고 있지만 그 기법이라는 것들이 당면 문제와 맞지 않는 경우가 적지 않지.

주르댕(몰리에르의 희극 〈벼락부자〉의 주인공. 돈이 생겨 벼락부자가 된 사나이가 교양을 몸에 익히려다가 도리어 희극적인 행동을 한다)이 '실내복을 가져와! 음악을 더 잘 들을 수 있게 말이야.' 하고 말했다는 이야기가 생각날 정도지.

물론 그들이 훌륭한 성과를 올리는 경우도 드물지

는 않지만 대부분은 꾸준히 부지런하게 움직여서 올리는 성과에 불과하지. 부지런히 뛰지 않으면 그들의 노력이나 성과가 허탕이 된단 말이야.

이를테면 비독의 경우인데, 그는 육감도 있고 끈기도 있어. 그러나 사고의 훈련이 되지 않았기 때문에 조사가 면밀할수록 실패만 하고 있었지. 대상을 너무 가까이서 보기 때문에 오히려 잘 볼 수가 없는 거야. 그야 한두 가지 점은 남보다 더 잘 볼 수 있을지 모르지만 사건 전체의 윤곽을 잃고 말지. 너무 깊게 탐구하다가 말이야.

진리는 반드시 깊은 우물 속에만 있다고는 할 수 없어. 사실 중요한 진리란 의외로 피상적인 데에 있다고 생각하네. 우리는 항상 심원한 진리를 깊은 골짜기에서 찾고 있지. 쉽게 보이는 산꼭대기에는 없다고 하면서 말이야. 그런데 진리가 발견되는 것은 산꼭대기에서야.

이런 따위의 오류를 범하는 원인은 천체 관측의 예를 들면 잘 알 수 있지. 별을 관찰할 때는 약한 빛에 예민한 망막 외연(外緣)을 별을 향하게 하여 곁눈질로 보는 것이 별빛을 포착하는 가장 좋은 방법이지. 빛에 눈을 바로 가까이 대면 도리어 보이지 않게 되는 법이야. 눈에 들어오는 실제 빛의 양은 눈을 가까이 댔을 때 가장 많지만 곁눈질로 볼 때 지각의 섬세함,

민감함에 있어서는 더 나은 것이지. 깊은 통찰도 정도가 너무 심하면 안 된다네. 도가 지나치면 도리어 사고를 흐트러뜨리고 사고력을 약화시키는 거야. 그래서 너무 오랫동안 집중적으로 또 정면으로 응시하고 있으면 결국에는 금성마저 천공에서 자취를 감춰 버리는 경우도 없지 않아 있다네.

그래서 말인데, 이번 살인 사건을 우리끼리 독자적으로 조사를 해보지 않겠나? 견해를 정리하는 것은 그러고 나서도 늦지 않아. 조사한다는 것은 언제나 즐거운 일이거든."

즐겁다는 말을 이런 데 쓰는 것은 좀 어울리지 않는다고 생각했지만 나는 그냥 조용히 있었다.

"게다가 은행에서 르봉에게 신세진 일도 있고 내게 친절을 베풀어 준 적도 있었지. 우리 한번 사건 현장에 나가서 직접 확인하고 조사도 해 볼까? 경시 총감인 G는 아는 사이니까 필요한 허가라면 쉽사리 얻을 수 있을 걸세."

우리는 허가를 얻어 곧 모르그 가로 가 보았다. 그곳은 리슐리외 거리와 생로스 거리 사이에 있는 한적한 거리에 있었다. 우리가 사는 곳에서 꽤 멀었으므로 이 지역에 당도했을 때에는 정오가 훨씬 지나 있었다. 건물

은 쉽게 찾았다. 아직도 많은 사람들이 도로의 반대편에서 그 건물의 닫혀져 있는 덧문을 쳐다보며 지나가고 있었기 때문이었다.

파리의 어디에나 있는 흔한 건물로, 현관이 있고 그 한쪽에는 유리창이 달린 방이 있어 그것이 수위실임을 알 수 있었다.

안으로 들어가기 전에 우리는 건물 옆의 샛길을 돌아가서 건물 뒤로 가 보며 건물 주변을 살펴보았다. 그동안 뒤팽은 건물뿐만 아니라 부근 일대에도 열심히 눈길을 돌리고 있었는데, 나로서는 그가 무엇을 살펴보고 있는지 짐작할 수 없었다.

우리는 건물 앞으로 되돌아와 초인종을 눌러 형사에게 허가증을 보이고 안으로 들어갔다. 우리는 계단을 올라가 레스파네 양의 시체가 발견된 방으로 들어갔는데 그곳에는 아직 두 사람의 시체가 놓여 있었다. 당연한 일이지만 방 안의 어지러운 상태는 그대로 보존되어 있었다. 내 눈에는 〈가제트 데 트리뷰노〉지가 보도했었던 이상의 단서는 아무것도 보이지 않았으나 뒤팽은 일일이 세밀하게 조사했다. 피해자의 시체도 예외는 아니었다. 그러고 나서 우리는 다른 방에도 가고 뜰에도 나가보았다. 그동안 줄곧 두 사람의 경관이 우리들 곁을 따라다녔다. 우리는 어두워질 때까지 조사에 열중하다가 그 건물에서 나왔다. 돌아오는 길에 뒤팽은 어느 일간 신문사에 잠깐 들렀다.

전에도 말했듯이 이 친구의 변덕이란 도무지 종잡을 수가 없으며, 그야말로 'Je les Meagais'이었다. 이 프랑스어는 '걷잡을 수 없다'는 뜻으로 영어에는 이에 해당하는 말이 없다.

아무튼 이번에는 또 무슨 생각에서인지 그는 살인사건에 대해서는 일체 말하고 싶지 않은 기색으로 이튿날 정오까지 침묵이었다. 그러다 갑자기 입을 열어 나에게 범행 현장에서 특이한 무엇을 발견하지 못했느냐고 묻는 것이었다. '특이한'이라는 말을 강조했을 때의 그의 어조에 무언가가 있어 웬일인지 나는 전율을 느꼈다.

"아니, 특이한 것이라곤 아무것도……."

하고 나는 말했다.

"적어도 그 신문에 보도된 이상의 일은 말이야."

"〈가제트〉지는"

하고 그는 말하기 시작했다.

"얼마나 무시무시한 사건인지를 잘 파악하지 못하는 것 같네. 하지만 신문의 태평스러운 의견 따위는 아무래도 좋아. 내가 보기엔 이 사건을 해결 불가능한 것으로 간주하는 바로 그 점이 이 사건 해결의 실마리가 될 것 같구먼.

그 이유는 사건 외관상의 특징을 말하는 거지. 경찰이 갈피를 못 잡고 있는 것은 살인 자체의 동기가 아니라, 그렇게까지 흉포하게 죽이지 않으면 안 될 동기가 있는 것 같지 않다는 점이야.

그들이 혼란스러워 하는 또 하나의 이유는 말다툼하는 소리를 들었다는 것과 이층 방에는 살해당한 레스파네 양 이외에는 아무도 없었고 게다가 계단을 오르고 있었던 많은 사람들에게 들키지 않고 탈출할 방법이 없다는 것, 이 두 가지 사실이 아무래도 부합되지 않는다는 것이야.

방 안이 난잡하게 어질러져 있었다는 것, 노인의 몸이 마구 난도질되어 있었다는 것, 이런 사실들까지 내가 방금 언급한 점들과 결합이 되면 영민함을 자랑하는 경찰도 그야말로 손을 들 수밖에 없겠지.

그들은 특이함과 난해함을 혼동하여 흔해빠진 오류를 범한 거야. 그러나 모름지기 이성이 진리를 찾아 바른 길로 나아가려면 이 같은 평범한 차원에서 벗어나야지. 이제 우리가 하는 조사는 '무엇이 일어났느냐' 보다 '지금까지 일어난 적이 없던 어떤 일이 일어났느냐'를 문제 삼아야 한다는 걸세.

나는 곧 이 사건을 해결해 낼 수 있는데, 아니 실은 이미 해결한 거나 마찬가지지. 경찰의 눈에 해결이 불가능하게 보일수록 나는 사건을 간단하게 해결할 수 있네."

나는 어안이 벙벙하여 아무 말 없이 그를 바라보고만 있었다.

"나는 지금 누구를 기다리고 있는데 말이야."

하고 그는 방문 쪽으로 눈길을 돌리며 말을 이었다.

"내가 기다리고 있는 사람은 살인범은 아니지만 어느 정도 관계가 있는 것은 확실한 사람이야. 다행히 이 범행의 최악의 부분에 그가 끼어들지 않았다는 가정하에 말이지. 나의 의도는 이 가정에 입각해서 수수께끼를 푸는 것이니까.

그 사나이는 이곳에, 이 방으로 지금 당장이라도 올 걸세. 오지 않을 수도 있지만 올 가능성이 더 많아. 만약 그가 온다면 그를 붙잡아둘 필요가 있어. 자, 여기 권총이 있네. 이걸 써야 할 일이 있을 때 어떻게 써야 하는지는 말하지 않아도 잘 알고 있겠지?"

나는 내가 무엇을 하는지 무슨 말을 들었는지 분간도 못하는 멍한 상태에서 권총을 받아들었다. 뒤팽은 그 동안에도 거의 독백처럼 말을 계속했다. 이럴 때 그가 신이 들린 사람처럼 된다는 건 이미 말한 바 있다. 그의 말은 나를 보고 하는 것이었지만 마치 멀리 떨어진 사람에게 이야기하는 듯했다. 그의 눈은 무표정하게 오직 벽을 응시하며 말했다.

"계단에서 사람들이 들었다는 다투던 목소리가 부인과 딸의 음성이 아니었다는 것은 그들의 증언으로 완전히 입증이 되었지. 그렇게 되면 노부인이 딸을 먼저 죽이고 나서 자살한 것이 아닌가 하는 의혹은 일체 고려하지 않아도 돼. 일부러 이런 말을 하는 것은 사고 과정의 순서를 명백히 해두고 싶어서야.

아무튼 레스파네 부인의 힘으로는 딸의 시체가 발견된 것과 같은 모습으로 굴뚝에 쑤셔 넣는 일은 도무지 할 수 없을 것이고, 또 자신이 입은 몸의 상처로 봐서도 자살의 가능성은 완전히 배제되지.

그렇다면 범행은 제삼자에 의하여 저질러진 것이 되며 말다툼하고 있던 소리는 제삼자의 소리라는 결과가 돼. 그럼 여기서 잠깐 주의를 돌려보세. 그 음성에 관한 증언으로서가 아니라 그 증언들에서 어떤 특이한 점을 발견하지 못했나?"

굵고 탁한 음성은 프랑스인의 음성이었다고 하는 점에서는 모든 증인의 의견이 일치되어 있었는데, 날카로운 또는 귀에 거슬리는 거친 소리라고 한 그 음성에 대해서는 의견이 여러 가지였다는 점을 나는 지적했다.

"그것은 증언 자체지."

하고 뒤팽은 말했다.

"증언의 특이성은 아냐. 자네는 특이한 것을 발견

하지 못한 듯한데 특이한 점이 있었네. 굵은 목소리에 대한 증인의 의견이 일치한 것은 자네가 지적한 대로야. 이 점에서는 만장일치였지.

문제는 날카로운 소리에 대해서인데 여기서 특이한 점은 견해가 각기 다르다는 것이 아니고 이탈리아인, 영국인, 스페인인, 네덜란드인, 프랑스인이 제각기 그 음성에 관해서 설명하면서 자기 나라 사람의 소리는 아니었다고 단언하는 점이야.

사람들은 자기가 잘 알고 있는 나라 사람의 음성이라고 하지 않고 다른 나라의 말이라고 했지. 프랑스인은 그걸 스페인 사람의 목소리라고 하면서 스페인어를 알고 있었더라면 몇 마디 말은 알아들을 수 있었을 거라고 했어. 네덜란드인은 그것을 프랑스인의 목소리라고 주장했는데, '프랑스어를 몰라 조사는 통역을 통해서 행해졌다'는 거야. 영국인은 그것이 독일인이라고 생각하지만 '독일어는 모른다'고 했지. 스페인 사람은 그것이 영국인의 소리였다고 '확신'하는데 단지 '억양'으로 그렇게 판단하는 것뿐이라고 했어. 영어는 전혀 모른다면서 말이야. 이탈리아인은 그것이 러시아인의 소리라고 믿고 있는데 '러시아인과 대화해본 적은 없다'고 했지, 아마? 또 한 사람의

프랑스인은 처음의 프랑스인과는 달리 그것을 이탈리아인의 소리라고 단언하지만 이탈리아어는 모르므로 아까의 스페인인과 마찬가지로 '억양에서 확신했다'고 했더군.

이렇게도 가지각색인 증언이 나올 수 있는 소리라면 실제로는 아주 특이한 음성이었음에 틀림없을 거야. 유럽 다섯 개 나라의 인간들이 알아들을 수 없거나 전혀 익숙하지 않은 목소리였으니 말이야! 자네라면 아시아인이나 아프리카인의 소리였는지도 모른다고 말하겠지. 아시아인도 아프리카인도 파리에는 흔하지 않아.

그런 추측을 부정하지는 않겠네만 다음 세 가지 증언에 자네의 주의를 환기시키고 싶네. 어떤 증인은 그 목소리를 '날카롭기보다는 귀에 거슬리게 거칠다'고 말했어. 다른 두 사람은 '빠르고 높낮이가 일정치 않다'고 표현했지. 그리고 어느 증인도 무슨 소리인지 분간할 수가 없었다고 했네. 여태까지의 이야기로……."

하고 뒤팽은 계속했다.

"자네가 어떻게 이해했는지 나로선 알 수 없지만 주저하지 않고 말할 수 있는 것은 증언의 이 부분, 즉 굵은 목소리와 날카로운 목소리에 관한 합리적인 추론만 가지고도 앞으로의 조사 과정에 방향을 제시할 수 있을 정도로 충분하다는 것이네.

방금 내가 합리적인 추론이라고 했는데, 아무래도 이것만으로는 나의 의도를 충분히 전달할 수가 없지. 내가 말하려고 한 것은 그 추론이 유일하게 정당한 추론이며, 그런 추론으로부터 유일한 결과로써 그 의문이 불가피하게 나온다는 것이었네. 하지만 그 의문이 무엇이냐는 것은 아직 말하지 않겠네. 단지 명백히 해두고 싶은 것은 그 의문은 조사 방법에 확고한 형식, 즉 일정한 영향을 주지 않을 수 없을 만큼 강력한 것이었다는 점일세.

자, 이제부터 우리의 상상의 날개를 그 방으로 옮겨보세. 여기서 우리는 무엇을 찾아야 할까? 범인은 어떻게 탈출했느냐는 것일세. 자네나 나나 초자연적인 현상 따위는 믿지 않는다고 말해도 좋겠지? 레스파네 모녀는 유령에게 살해된 것이 아니야. 범행을 저지른 자들은 형태가 있었고 도망친 것 또한 유형적이었지. 그러면 그 방법은? 다행히 이 점에 대해서는 단 하나의 추리밖에 없으며 그 추리는 반드시 확고한 결론으로 이끌어 줄 걸세.

먼저 가능한 탈출 방법을 하나하나 검토해 보기로 하세. 사람들이 계단을 오르고 있었을 때 범인은 레스파네 양의 시체가 발견된 방이나 적어도 옆방에 있었던 것은 확실해. 그렇다면 우리가 찾아야 할 탈출구는 이 두 방 이외에는 없었다는 거지.

경찰은 바닥과 천장 그리고 벽까지 모든 곳을 다 뜯어봤어. 어떤 비밀 출구라도 경찰의 눈을 벗어날 수는 없었을 거야. 나는 그들을 믿지 못하고 내 눈으로 직접 확인해 봤는데 역시 비밀 출구는 없더라고.

두 개의 방에서 복도로 통하는 문은 둘 다 자물쇠가 잠겨 있었고 게다가 열쇠는 안쪽에 붙어 있었어. 그렇다면 다음에는 굴뚝이지. 이것은 바닥에서 위로 10피트 정도는 넓었지만, 그 위부터는 고양이도 큰 놈은 지나갈 수 없을 정도로 좁았어. 따라서 굴뚝에 의한 탈출이 불가능하다는 것은 의심할 여지가 없지.

그렇다면 이제 남은 것은 창뿐일세. 두 개의 방의 창문으로 탈출했다고 한다면 길에 있었던 많은 사람들이 알아채지 못할 리가 없어. 그렇다면 범인은 뒤쪽 창문을 통해서 나갔음이 틀림없지, 그런데 이렇게 명백한 방법으로 결론에 도달한 이상 그것이 있을 수 없는 일이라고 해서 결론마저 못 내린다는 것은 추리가로 자처하는 우리가 할 일이 못되네. 우리가 할 일은 불가능하다고 생각되는 일을 실은 그렇지 않다고 증명하는 일이야.

그 방에는 창문이 두 개 있었지. 하나는 막혀 있지 않았으므로 전체가 보였어. 또 하나는 멋없이 큰 침

대가 빈틈없이 꽉 들어차 있어 침대 머리에 가려져 있었고. 몇 사람이 힘을 합해 창문을 들어 올리려고 했지만 꼼짝도 하지 않았다네. 창틀 왼쪽에 송곳으로 뚫은 큰 구멍이 있고 그곳에는 아주 단단하고 튼튼한 못이 거의 대가리까지 박혀 있었지.

또 다른 창문도 조사해 보니 같은 모양의 못이 같은 형태로 박혀 있었어. 이것도 들어올리려고 안간힘을 써보았지만 역시 꼼짝도 하지 않았지. 때문에 경찰은 이곳으로 탈출했을 리는 없다고 단정해 버린 거야. 그래서 못을 뽑고 창문을 열어보지도 않았던 거지.

나의 조사는 좀더 세밀하게 했는데, 즉 한편으로는 불가능하다고 보이는 것이 사실은 그렇지 않다는 것을 증명할 때 바로 그것이 해결의 단서가 될 수 있음을 알고 있었기 때문이야. 귀납적으로 추리를 해나갔던 거지.

범인은 두 창문 중 어느 한쪽으로 도망친 게 분명해. 그렇긴 하나 범인은 실제로 그런 것처럼 안에서 창틀을 고정시킬 수는 없었을 것일세. 경찰은 이런 생각에서 잘못을 발견할 수 없었으므로 이 부분의 탐색을 중지했던 거지. 분명히 창틀은 고정되어 있었어.

그렇다면 창문에는 자동적으로 잠기는 장치가 있어야 한다, 이런 결론을 내리지 않을 수 없었네. 나는 장애물이 없는 쪽 창에 가서 못을 뽑아내고 창틀을 들어올리려고 해봤어. 예측했던 대로 역시 내 힘으로는 어쩔 도리가 없었지. 그래서 어딘가에 반드시 자동 잠금 장치가 숨겨져 있으리라는 걸 알았던 걸세. 이렇게 내 믿음이 뒷받침되고 보니 못에 관한 한 아직 불가해한 데가 있었더라도 나의 전제가 맞았다는 확신을 얻었네. 잘 찾아보니 숨겨져 있던 용수철을 발견했지. 나는 그것을 눌러보았으나 그것을 발견한 것만으로도 충분했으므로 창틀을 들어올려 보는 일까지는 하지 않았네.

나는 못을 본래대로 박고 자세히 살펴보았지. 이 창문을 통해 나간 인간은 창문을 닫을 수도 있었을 것이며 용수철도 걸렸을 테지만 못을 제자리에 다시 꽂아 넣을 수는 없었을 걸세. 결론은 명백하며 나의 조사 범위는 더욱 좁혀졌네. 범인은 다른 쪽 창문으로 도망쳤음이 틀림없는 거지. 그러면 양쪽 창틀의 용수철이 같다고 했을 때 차이는 못에 걸리는 상태에 있을 뿐이야.

나는 침대 매트리스에 올라가 침대머리를 너머의 두 번째 창문을 자세히 살펴보았네. 침대머리 뒤로 손을 넣고 쉽사리 용수철을 찾아 눌러보았어. 예상대로 그것은 옆의 창문과 똑같았네. 그래서 못을 조사해 봤는데 단단한 점에서나 거의 대가리까지 푹 박혀 있는 점이 앞의 못과 같은 식으로 고정되어 있었다네.

자네는 내가 당황했으리라고 말하고 싶겠지만 그렇게 생각한다면 귀납추리의 본질을 오해하고 있음에 틀림없네. 여태까지 나는 사냥에서 말하는 '냄새를 잃었다'고 하는 일이 한번도 없었어. 사슬의 고리는 어디에서도 끊어져 있지 않았던 거야.

나는 수수께끼의 비밀을 궁극의 결과에서부터 더듬

어 나갔지. 그리고 그 결과는 '못'이었네. 그 못은 다른 한쪽 창문의 것과 조금도 다르지 않았어. 그러나 이런 사실마저도 −결정적이라고 여겨질지 모르나− 바로 여기서 문제 해결의 단서가 끝났다는 점을 생각하면 아무것도 아니었네.

이 못에 무언가 잘못된 점이 있다고 생각했지. 그래서 못을 쥐고 잡아당겨 보니 못의 4분의 1정도가 빠져나왔네. 나머지 부분은 송곳으로 뚫은 구멍에 남아 있었으며 못의 중간 부분이 부러져 있었던 거야. 몹시 녹슬어 있는 것을 봐서는 부러진 지 꽤 오래전의 일인 것 같았어. 아마 쇠망치로 박았을 때였을 거야. 못 대가리의 일부가 창틀 윗부분에 패어 들어가 있었으니 말이야.

나는 이번에는 대가리 부분을 본래의 구멍에 가만히 꽂아보았지. 그러자 어땠겠나, 보기에는 완전한 못과 다름없어. 부러진 데가 보이지 않으니까 말이야. 용수철을 눌러 창틀을 가만히 몇 인치 들어올려 봤지. 못 대가리는 구멍에 자리 잡힌 채 창틀과 함께 올라갔어. 창문을 닫으면 다시 완전한 못으로 보였고 말이야.

여기까지의 수수께끼는 풀린 셈이야. 살인자는 침대머리맡 창문으로 도망친 거지. 범인이 나갈 때 창문이 저절로 떨어지면서 자동 잠금 장치인 용수철로 잠겼던 걸세. 그런데 경찰은 창문이 용수철로 열리고 닫히는 것이 아니라 창문에 박힌 못 때문에 항상 고정되어 있는 것으로 착각하여 그 이상의 탐색은 불필요하다고 생각한 거지.

다음 문제는 내려가는 방법인데 그 점에 대해서는 자네와 함께 건물 주변을 살펴보는 동안에 만족할 만한 해답을 얻었다네. 문제의 창문에서 5피트 반쯤 떨어진 곳에 피뢰침이 하나 있었지. 이 피뢰침에서는 누구든 창문 안으로 들어가는 것은 고사하고 창까지 손을 뻗치지도 못해.

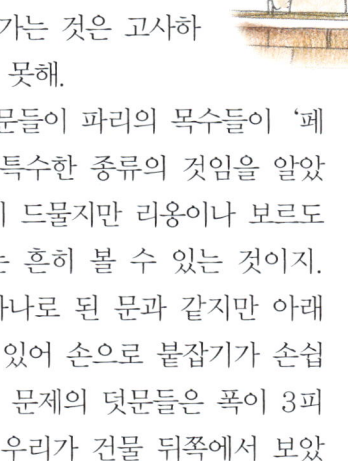

하지만 나는 4층의 덧문들이 파리의 목수들이 '페라드(덧문)'라고 부르는 특수한 종류의 것임을 알았네. 요즘에는 쓰이는 일이 드물지만 리옹이나 보르도의 유서 깊은 저택에서는 흔히 볼 수 있는 것이지. 접이식 모양이 아니라 하나로 된 문과 같지만 아래 절반이 격자식으로 되어 있어 손으로 붙잡기가 손쉽게 되어 있지. 그런데 이 문제의 덧문들은 폭이 3피트 반은 충분히 되더군. 우리가 건물 뒤쪽에서 보았을 때 덧문은 둘 다 반쯤 열려 있었지. 말하자면 벽으로부터 직각으로 떨어져 있었다는 말일세.

아마 경찰도 나와 마찬가지로 건물 뒤쪽을 조사했겠지. 그렇지만 이 덧문을 정면에서 길이만 살펴 봄으로써 폭이 그렇게 넓었었다는 사실을 그냥 지나쳤던 거지. 창문 쪽으로 탈출한다는 것은 불가능하다고 단정해 버렸으므로 자연히 이 부분의 조사가 소홀해지고 말았던 것이야.

그런데 나는 침대머리 쪽에 있었던 창의 덧문을 벽면에까지 힘껏 열면 피뢰침까지의 거리가 2피트 이내로 되는 것을 확인했어. 이러니 아주 놀라울 정도의 운동 신경과 용기를 발휘하면 피뢰침에서 창문으로 들어가는 일도 이런 방식으로라면 얼마든지 가능하다고 봤어. 덧문이 완전히 열려 있어서 2피트 반만 손을 뻗치면 범인은 격자틀 세공 부분을 꽉 잡을 수가 있었을 것일세. 그리고는 발을 단단히 벽에 대고 피뢰침 쪽의 손을 놓고 단숨에 발을 걸치면 그여세로 덧문은 닫히게 되니, 그때 만약 창문이 열려 있었다면 몸 전체가 방안으로 뛰어들 수도 있었을 것이라는 계산이 되지.

내가 이렇게 위험하고 어려운 곡예를 성공적으로 수행하기 위한 필수조건으로 언급했던 '아주 놀라울 정도의 운동 신경'이라는 말을 특히 명심해 주기 바라네. 내 의도는 말일세, 첫째는 이런 일이 불가능한 것은 아니라는 점을 보여주는 것이고, 둘째가 더 중요한 점으로 그런 엄청난 짓을 해치운 민첩함과 거의 초자연적인 힘을 자네에게 알려주고 싶은 걸세.

틀림없이 자네는 법률 용어를 써서 이렇게 말하겠지. '자기 주장을 입증하기 위해서는 그 행위에 필요한 운동 신경을 충분히 평가하느니보다 차라리 과소평가해야 하지 않겠느냐'고 말일세. 법률문제라면 그러는 것이 좋을지 모르나 추리하는 데 있어서는 그런 게 있을 수 없네. 진실만이 궁극적 목표니까. 나의 지금 당장의 목적은 방금 말한 '아주 놀라울 정도의 운동 신경'과, 국적에 대한 의견이 모두 다르고 발성에서도 한마디의 단어도 들을 수 없었던 아주 기괴하게 날카롭고 또한 귀에 거슬릴 정도로 거칠며 '높낮이가 일정치 않은 음성'이 두 가지를 자네가 결부시켜 생각하였으면 하는 것일세."

여기까지 듣자 뒤팽이 무슨 말을 하려고 하는지 막연하게나마 알 것 같다는 생각이 얼핏 내 머리를 스쳤다. 나는 이해할 수 있는 단계에 올라온 듯싶었다. 그러나 결국 다 이해할 수는 없었다. 마치 사람들이 기억이 날 듯하면서도 기억이 잘 나지 않을 때처럼……. 내 친구는 이야기를 계속했다.

"내가 문제를 탈출 방법에서 침입 방법으로 바꾼 의도는 자네도 알 거야. 그것은 둘 다 같은 방법, 같은 장소를 이용하여 침입과 탈출이 행해진 것을 분명하게 알려주려고 한 거지.

이제 실내로 눈을 돌려 그때의 상황을 살펴보세. 옷장 서랍에는 옷가지가 그대로 남아 있기는 했지만 흐트러져 있는 것을 보고 약탈당했다고 했네.

이와 같은 결론은 불합리해. 단순한 추측, 그것도 아주 어리석은 추측에 지나지 않는 거야. 서랍에서 발견된 물건들이 원래 그곳에 있었던 전부가 아니라는 보증이 도대체 어디에 있단 말인가? 레스파네 모녀는 극도로 은둔적인 생활을 하고 있었네. 사귀는 사람도 없었고 좀처럼 외출도 하지 않았으니 갈아입을 옷도 그렇게 많이 필요하지 않았을 거야.

그 방에서 발견된 물건들은 여인들이 최소한으로 지닐 수 있는 것으로서 가장 좋은 물건들이었을 걸세.

만약 범인이 강도라서 물건을 훔쳐 갔다면 왜 가장 좋은 것을 가져가지 않았을까? 무엇보다 귀찮은 옷가지를 한아름이나 갖고 갔다면 왜 사천 프랑의 금화는 내버려 두고 갔단 말인가? 황금을 내버리고 말이야. 은행장 미뇨씨가 말했던 금액의 거의 전부가 그대로 주머니 속에 든 채 바닥 위에 뒹굴고 있었지. 따라서 돈을 현관에서 직접 전했다는 증언의 그 부분에서 경찰의 머릿속에 박히게 된 '동기'라는 것을 자네 머리에서 깨끗이 추방해 주기를 바라네.

돈을 내주고 그것을 받은 사람이 사흘도 안 되어

살해당하는 우연은 우리 생활에서 수시
로 발생하고 있지. 순간적인 관심도 끌
지 못하면서 말이야.

일반적으로 우연의 일치라는 것은 교
육은 받았더라도 확률론을 전혀 공부하
지 못한 사색가에게 있어선 엄청난 장
애지. 인간의 가장 빛나는 연구 대상이 가장 빛나는
성과를 얻게 되는 것은 바로 이 확률론 덕분이라고
난 생각하네. 이번 경우에도 금화가 분실되었다면 사
흘 전에 돈이 전달되었다는 사실은 우연의 일치 이상
이 되었을 것일세. 즉 동기를 뒷받침하는 것이 되었
을 테지. 그러나 실제로 일어난 상황 하에서 이 흉악
한 범행의 동기가 돈이었다고 가정한다면 범인은 돈
과 동기를 다 함께 포기해 버릴 만큼 우유부단한 바
보였다는 상정도 함께 하지 않을 수 없지.

내가 자네의 주의를 환기시켰던 여러 가지 점, 즉
기괴한 음성과 놀라운 민첩성, 그리고 이토록 흉악한
살인 사건으로서는 이상하리만큼 동기가 결여되어 있
다는 점, 그것들을 염두에 두면서 사건 자체를 살펴
보도록 하세.

한 여자가 손으로 교살되어 굴뚝에 거꾸로 쑤셔 넣
어져 있네. 보통 사람이라면 이런 식의 살인은 하지
않네. 적어도 시체를 이렇게 처리하는 일은 없을 거

야. 시체를 굴뚝 속으로 쑤셔 올린 그 방법에는 너무나 극단적인 그 무엇이, 인간의 행위에 대한 우리의 통념과는 전혀 부합되지 않는 그 무엇이 있다는 것을 자네도 인정할 걸세. 모름지기 그놈들이 세상에서 가장 흉악무도한 인간이라 치더라도 말일세. 게다가 또 생각해 보게. 여러 사람이 힘을 합하여 겨우 끌어내렸을 만큼 좁은 구멍 속으로 시체를 억지로 쑤셔 올린 힘이라면 도대체 얼마나 엄청난 힘이었겠는가를 말일세.

이번에는 이 엄청난 힘이 쓰인 다른 증거를 살펴보세. 난로 위에는 사람의 회색빛 머리털의 뿌리째 뽑힌 꽤 굵은 뭉치가 있었네. 이삼십 가닥의 머리털이라도 뽑아내려면 얼마만한 힘이 들지 자네도 상상이 갈 걸세. 문제의 머리털 뭉치를 자네도 보았지? 머리카락의 뿌리 끝에는 소름 끼치도록 끔찍하게 머리의 살점이 더덕더덕 들러붙어 있었네. 그것은 한꺼번에 많은 양의 머리털을 잡아 뜯을 때 발휘된 엄청난 힘을 말해주는 증거일세.

노부인의 목은 단순히 베어진 것이 아니라 머리가 몸통에서 완전히 잘려 나갔네. 그런데 그 흉기는 평범한 면도칼에 지나지 않았지. 이 '야수' 같은 잔인성을 다시 한 번 유의해 주기 바라네.

레스파네 부인 시체의 타박상에 대해서는 긴말하지

않겠네. 뒤마 씨와 그의 유능한 조수 에티엔 씨는 둔기에 의한 타박상으로 단정하고 있는데 여기까지는 두 사람 다 정확했네. 둔기라는 것은 분명 뒤뜰에 깔린 돌이었으며 부인은 침대와 면해 있는 창문에서 떨어졌던 것이지. 이제 와서 이런 추정은 아무것도 아니지만 그 당시 경찰은 추리하지 못했던 거야. 그것은 덧문의 넓이에 주의하지 못했던 것과 같은 이유에서라네. 즉 못으로 창문을 고정시켰다고 생각했으므로 그들은 창문이 열릴 가능성에 대해서는 짐작조차 할 수 없었기 때문이지.

이런 모든 점에 덧붙여 방이 흐트러진 모습을 우리가 제대로 관찰했다면 놀라운 민첩성, 초인적인 힘, 야수 같은 잔인성, 동기가 없는 살육 행위, 인간의 것과는 완전히 다른 소름 끼치는 기괴함, 많은 나라 사람들의 귀에 이국적인 억양과 의미를 알 수 없었던 음성, 이상의 것들을 모두 조합시킬 수 있는 단계에 와 있는 셈일세. 자, 그럼 어떤 결론이 나올까? 이제까지의 내 말에서 자네는 어떤 인상을 받았나?"

그런 질문을 받자 나는 등골이 오싹해지는 것을 느꼈다.

"미치광이 짓이군, 그런 짓을 한 것은."

하고 나는 대답했다.

"근처의 정신병원에서 도망친 흉악한 놈이야."

그가 다시 말했다.

"어떤 점에서는 자네 생각도 전혀 틀린 것은 아니야. 그러나 그 미치광이가 심한 발작이 일어났을 때라도 그 계단에서 들린 소리와는 전혀 비슷하지도 않은 소리란 말이야. 미치광이라도 어느 한 나라의 사람이며 비록 말하고 있는 내용은 엉터리라도 음절은 확실한 법이야. 게다가 아무리 미치광이라도 머리털까지 지금 내가 갖고 있는 것 같은 것은 아냐. 레스파네 부인이 꼭 쥐고 있었던 것을 조금 빼왔는데 자넨 이것이 무엇 같은가?"

"뒤팽!"

나는 그것을 보고 몹시 놀라서 말했다.

"이건 묘한 털이군. 인간의 털이 아냐."

"인간의 털이라고 하지 않았어."

하고 그는 말했다.

"하지만 이 점에 대해서 결론을 내리기 전에 종이에 베껴둔 스케치를 좀 보게나. 증언에서 레스파네 양의 '목에 검은 타박상과 깊은 손톱자국'이라는 부

분이 있었지. 그리고 뒤마 씨와 에티엔 씨의 증언에
서는 '분명히 손가락으로 눌린 자국으로 보여지는 일
련의 납빛 점'이라는 부분이 있었네. 이건 보다시피
그 부분의 실물 그림이야."

친구는 테이블에 종이를 펼치면서 계속했다.

"이 그림에서 보면 상당한 힘을 주어 목을 꽉 움켜
쥔 것을 알 수 있네. 어느 손가락도 미끄러진 흔적은
없네. 아마 피해자가 죽을 때까지 처음 가해졌던 무
서운 힘이 그대로 계속 목을 누르고 있었던 거야. 자,
시험 삼아 자네 손가락들을 하나하나 이 손톱자국에
맞대보게."

나는 그렇게 해보았으나 도무지 무리였다.

"어쩌면 이 방법이 아닐지도 모르지."

그가 말했다.

"인간의 목은 원통형인데 종이는 평면이니 잘 안될
수도 있어. 여기 장작이 하나 있군. 굵기도 바로 목둘
레 정도이니 종이를 장작에 감아 다시 한 번 해보세."

나는 그대로 해보았으나 아까 경우보다도 더욱 어
려웠다.

"이것은 사람의 손톱자국이 아닐세."

나는 단정 짓듯 말했다.

"그럼, 퀴비에(프랑스 박물학자, 동물 분류학자)가
쓴 책의 이 부분을 읽어보게."

책에는 동인도제도에서 사는 거대한 황갈색 오랑
우탄의 해부학적 설명과 생태학적 특징이 씌어져 있
었다. 이 포유류의 거대한 체구, 놀라운 힘과 민첩한
운동 신경, 잔인성, 모방 성향 등은 누구나 잘 알고
있다.

나는 순간적으로 이 공포의 살인 사건의 전모를 이
해할 수 있었다.

"손가락에 대한 자국은"

하고 나는 다 읽고 나서 말했다.

"이 스케치와 정확히 일치하는군. 이제 알겠어. 여
기에 씌어 있는 오랑우탄 이외의 어떤 동물도 자네가
베껴온 것과 같은 움푹 팬 손자국을 만들 수는 없을
걸세. 게다가 이 황갈색 털도 퀴비에의 책에 있는 오
랑우탄과 같은 성질의 것이야. 하지만 이 가공할 사
건의 자세한 내막은 아직 잘 모르겠네. 더구나 오랑
우탄 혼자가 아니라 누군가와 말다툼하는 소리가 났
고 한쪽은 확실히 프랑스인의 목소리였다고 하지 않
았는가?"

"그렇지. 그리고 자네도 기억하고 있겠지만 대부분
의 증인들이 들었던 '지독한 놈!'이란 말은 누군가를
꾸짖는 듯, 달래는 듯한 어조라고 증인의 한 사람인
과자점 주인 몽타니가 말하고 있는데 이것은 그 상황
을 정확히 포착한 말이야. 따라서 나는 이 '지독한

놈!'이란 말에 수수께끼를 해결할 희망을 걸었던 걸세. 한 사람의 프랑스인이 이 살인을 알고 있었네. 참혹한 행위에는 전혀 관여하지 않았을 수도 있지만 말이야.

오랑우탄이 그에게서 도망쳤을 거야. 그는 오랑우탄을 그 방에까지 쫓아갔겠지. 그런데 그 끔찍했던 소동이 벌어졌으므로 다시 붙잡을 수가 없었을 거네. 오랑우탄은 아직도 잡히지 않았을 거야.

아, 추측은 이제 그만두기로 하세. 그 밑받침이 되어 있는 사고의 그림자는 나 자신의 머리로도 감지하기 어려울 만큼 희미하고 따라서 다른 사람을 납득시킨다는 것은 엄두도 낼 수 없으니, 내가 그것을 추측 이상이라고 할 권리는 없는 거지. 따라서 단순한 추측이라고 하고 우선 접어두세.

만약 문제의 프랑스인이 내 추측대로 흉악한 사건과 직접적인 관련이 없다면, 어젯밤 돌아오던 길에 〈르몽드〉 신문사에 들러 부탁하고 온 광고를 보고 이곳으로 찾아올 걸세."

그는 나에게 신문을 넘겨주었다. 그 광고에는 이렇게 씌어 있었다.

포획물 –황갈색 보르네오종 오랑우탄. 이달 ××일 이른 아침(살인 사건이 있었던 날 아침) 불로뉴 숲에서 포획, 몰타 섬 선박의 선원으로 추정되는 소유주에게 반환하겠음. 단 그것이 자기 소유임을 충분히 증명하고 포획 및 보관에 사용된 약간의 비용을 지불할 것. 포부르 생 제르맹 ××가 ××번지, 3층으로 내방 바람.

"어떻게 해서 그 사나이가 선원이며 게다가 몰타 섬의 선박 선원이라는 걸 알았지?"
하고 내가 물었다.
"알긴 뭘 알아."
뒤팽이 말했다.

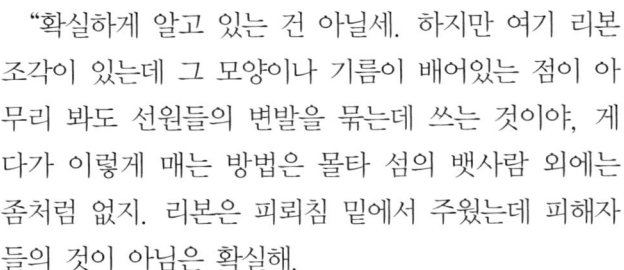

"확실하게 알고 있는 건 아닐세. 하지만 여기 리본 조각이 있는데 그 모양이나 기름이 배어있는 점이 아무리 봐도 선원들의 변발을 묶는데 쓰는 것이야, 게다가 이렇게 매는 방법은 몰타 섬의 뱃사람 외에는 좀처럼 없지. 리본은 피뢰침 밑에서 주웠는데 피해자들의 것이 아님은 확실해.

그런데 이 리본으로 그 프랑스인이 몰타 섬의 선원이라고 잘못 추정하였다 해도 광고에 그렇게 써서 안 될 이유는 전혀 없는 거야. 비록 추리가 틀렸더라도

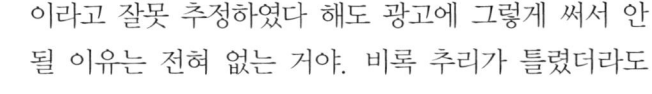

상대는 이쪽이 잘못 알고 있다고 여길 뿐 일부러 그
것을 캐내 보려고 하지는 않을 테니까. 하지만 만약
내 추정이 정확하다면 광고의 효과는 커지는 거지.

  살인의 주범은 아니더라도 사건의 내막을 알고는
있을 테니까 마땅히 그 프랑스인은 광고에 응하여 오
랑우탄을 찾으러 오는 것을 주저할 걸세. 하지만 아
마 이렇게 생각할 거야.

  '나는 잘못이 없다. 돈도 없다. 오랑우탄은 값이
나가는 동물로 나에게는 큰 재산이다. 쓸데없는 걱정
을 해서 곧 손에 넣을 수 있는 큰 돈을 헛되이 날릴
수는 없다. 놈은 살인 현장과는 꽤 멀리 떨어진 불로
뉴 숲에서 잡혔다. 그런 동물이 살인을 했으리라고
누가 짐작할 것인가. 경찰도 단념하고 있어. 어떻든
간에 광고주는 이미 나를 그 동물의 소유주라고 알고
있다. 광고주가 어느 정도 알고 있는지 나로선 알 수
없으나 내가 소유주로 알려진 이상 비싼 동물을 찾으
러 가지 않는다면 적어도 그 동물에게 혐의를 걸어달
라고 말하는 거와 똑같다. 나도 그렇고 그 동물도 의
심을 받아서는 안 된다. 광고에 응하여 오랑우탄을
인수하고 사태가 잠잠해질 때까지 조용히 숨겨두자'
이렇게 말이야."

  이때 계단을 올라오는 발소리가 났다.

  "권총을 준비하게."

하고 뒤팽이 말했다.

"단, 내가 신호할 때까지는 쏘든가 권총을 보이든 가 해서는 안 돼."

현관문이 열려 있었으므로 방문객은 벨을 누르지 않고 들어와 계단을 오르기 시작했다. 그러다 잠깐 망설이는 것 같았다. 멈췄다가 이윽고 내려가는 발소 리가 들렸다. 뒤팽이 성급히 문 앞으로 가 보았으나 다시 올라오는 발소리가 났다. 이번엔 멈추지도 않고 단호한 걸음걸이로 올라와 우리의 방문을 두드렸다.

"들어오시오."

뒤팽은 쾌활하고 친근감이 감도는 어조로 말했다.

한 사나이가 들어왔다. 선원임이 분명해 보이는 키 가 크고 단단한 근육질의 사나이로 다소 경박해 보이 는 얼굴이었으나 사교성이 전혀 없어 보이지는 않았 다. 햇볕에 몹시 그을린 얼굴의 절반은 구레나룻과 콧수염으로 덮여 있었다. 기다란 떡갈나무 막대기를 쥐고 있었으나 그 밖에 무기는 휴대하고 있는 것 같 지 않았다. 그는 무뚝뚝하게 머리를 숙여,

"안녕하시오?"

하고 프랑스어로 인사했다. 다소 뇌샤텔 사투리가 있었으나 본래는 파리 태생임을 잘 알 수 있었다.

"앉으시죠."

하고 뒤팽이 말했다.

"오랑우탄의 일로 오셨겠지요? 그런데 너무 훌륭한 동물을 갖고 계셔서 부러울 정도입니다. 그야말로 대단해 보이고 게다가 진귀한 동물이라 상당히 비싸겠죠? 나이는 몇 살쯤 됩니까?"

겨우 무거운 짐을 벗었다는 듯 안심을 하며 선원은 긴 한숨을 내쉬고는 다부진 어조로 대답했다

"잘 모르지만 기껏 네댓 살 정도겠죠. 그 녀석이

여기 있습니까?"

"아, 아니, 여기에는 사육할 시설이 없어서 뒤부르가의 세를 낸 우리에 넣어두었소. 바로 근처죠. 아침이 되면 데려다 주겠소. 물론 당신이 소유주라는 증명은 가능하겠죠?"

"네, 그렇고말고요."

"내놓으려니 좀 아까운 생각이 드는데……."

뒤팽이 은근하게 말했다.

"수고를 공짜로 받고 싶은 마음은 없습니다."

사나이가 말했다.

"거저 가져갈 수는 없으니까요. 그놈을 잡아주신 보답은 기꺼이 하겠습니다. 부당한 요구만 아니라면 말입니다."

"그렇겠죠."

하고 뒤팽은 대답했다.

"당연하지요. 뭘 받기로 할까요? 옳지, 그게 좋겠습니다. 모르그 가의 살인 사건에서 당신이 알고 있는 내막을 모두 알려 주는 것으로요."

뒤팽은 마지막 말을 지극히 낮은 어조로 조용하게 말하였다. 그리고 천천히 문 쪽으로 걸어가 자물쇠를 잠그고 열쇠를 호주머니에 넣었다. 그 다음에는 품속에서 권총을 꺼내어 태연하게 테이블 위에 놓았다.

선원은 거의 숨이 막힌 듯 얼굴이 확 달아올랐다.

그는 의자에서 벌떡 일어서서 기다란 막대기를 잡았다. 그러나 다음 순간 의자에 털썩 기대어 앉아 덜덜 떨기 시작했다. 얼굴은 창백해져 마치 시체 같았으며 말문이 막혀 한마디도 하지 못했다. 사실 나는 그 사나이에게 동정을 금할 수가 없었다.

"아니, 아니."

하고 뒤팽은 친절하게 말했다.

"그렇게 겁먹을 필요는 없어요. 정말 당신에게 해를 끼칠 마음은 손톱만큼도 없으니까. 신사로서, 프랑스인으로서 맹세하지만 그럴 생각은 전혀 없소. 당신이 모르그 거리의 흉악한 범죄의 주범이 아닌 것은 잘 알고  있소. 그렇다고 해서 그 일에 전혀 관계가 없다고 말해도 소용없소. 이만큼 말했으니 당신도 짐작하리라 여기지만 이 사건에 대해서 나는 정보를 갖고 있소. 당신은 도저히 상상도 못할 만큼 많이 말이오.

요컨대 사태는 이렇게 되었던 것이오. 당신이 스스로 한 일은 하나도 없소. 죄가 될 만한 일은 무엇 하나 저지르지 않았소. 도둑질도 하지 않았소. 많은 돈을 가져갈 수도 있었는데도 말이오. 당신이 숨겨야 할 것은 아무것도 없는 거요. 감출 이유가 없으니까. 하지만 당신이 알고 있는 것을 자백할 의무가 있는

것이며 그것은 명예에 관한 문제요. 당신이 진짜 범인을 지목하지 않아 지금 한 사람의 무고한 사나이가 감금되어 있소."

뒤팽이 이렇게 말하는 동안에 선원은 어느 정도 마음의 평온을 회복하고 있었다. 그러나 당초의 대담한 태도는 완전히 사라지고 말았다.

"제기랄!"

하고 잠시 망설이다가 사나이는 말하기 시작했다.

"말하죠, 이 사건에 대해서 제가 알고 있는 건 모조리! 하지만 제가 말하는 것의 절반도 믿지 못하실 겁니다. 믿기를 바란다면 제가 어리석은 놈이겠죠. 저는 아무 죄도 없지만 그 때문에 제가 해를 입는다 해도 좋으니 속 시원히 다 털어놓겠습니다."

사나이가 말한 것을 요약하면 이러했다.

그는 최근 인도네시아를 항해하고 돌아왔다. 그는 일행과 보르네오에 상륙하여 깊은 오지까지 탐험에 나섰다. 그는 친구와 둘이서 그 오랑우탄을 잡았다. 그런데 그 친구가 병으로 죽었으므로 동물은 혼자만의 것이 되었다. 귀항 도중 그 포획물이 이따금 감당할 수 없을 정도로 흉포해져 아주 애를 먹었는데 겨우겨우 파리에 있는 자신의 집까지 무사히 끌어올 수 있었다.

이웃 사람들이 이상한 눈으로 보는 것이 싫었으므로 오랑우탄을 숨겨두었다가 그놈이 항해 중에 발에 가시가 박힌 상처가 나으면 곧장 팔아치울 심산이었다.

살인 사건이 있었던 날 새벽, 동료 선원들과 한바탕 어울려 실컷 술을 마시고 난 뒤 집에 돌아와 보니, 그놈이 그의 침실에 들어와 있지 않는가. 옆의 골방에 잘 가둬 두었는데 문을 부수고 침실에 들어왔던 것이다.

그놈은 면도칼을 손에 쥐고 얼굴은 거품투성이가 되어 거울 앞에 앉아 면도하는 흉내를 내는 듯했다. 전부터 주인이 그렇게 하는 것을 골방의 열쇠 구멍으로 엿보고 있었던 모양이다.

사납고 흉포할 뿐 아니라 손을 사람처럼 교묘하게 다룰 수 있는 동물이 이런 위험한 도구를 가지고 있는 것을 보자 사나이는 너무 놀라 잠시 동안은 그저 어찌할 바를 모르고 있었다. 하지만 이 동물이 아무리 사납게 날뛸 때라도 채찍을 사용하면 온순해졌으므로 이번에도 그렇게 하려고 했다. 그런데 채찍을 보자마자 오랑우탄은 방에서 뛰쳐나가 계단을 내려가더니 공교롭게도 열려 있던 한 창문을 통해 밖으로 달아나고 말았다.

이 프랑스인은 초조한 마음으로 열심히 뒤를 쫓았다. 그 동물은 여전히 면도칼을 손에 쥔 채 달아나다가 이따금 멈춰 뒤를 돌아보며 날 잡아보라는 듯이 뒤쫓아가 잡을 만하면 또 달아났다. 이 같은 일이 계속 되풀이되었다. 때는 새벽 3시, 거리는 고요히 잠들어 있었다.

모르그 거리 뒤쪽 샛길로 접어들었을 때, 달아나고 있던 이 동물은 레스파네 부인의 건물 4층 방의 열린 창문에서 새어나오는 불빛을 보았다. 건물에 다가가서 피뢰침을 발견하자 믿어지지 않을 정도의 민첩한 동작으로 벽을 기어올라 활짝 열려 있던 덧문을 붙잡고 그것에 매달렸다가 반동을 이용하여 침대머리를 면한 창문으로 뛰어들었다. 순식간에 일어난 놀라운 곡예였다. 오랑우탄이 방 안으로 뛰어들자 덧문은 반동으로 다시 열렸다.

선원은 당황스러웠던 한편 안심도 되었다. 이번에야말로 틀림없이 잡을 수 있다고 생각했는데, 그놈이 보기 좋게 뛰어든 올가미에서 도망치는 방법은 피뢰침 이외에는 없으니 그곳을 내려올 때 잡으면 되리라는 계산이었다.

그런데 이 동물이 집안에서 무슨 짓을 저지를지 몹시 불안하였다. 어쩔 수 없이 선원은 안절부절하면서 계속 동물을 쫓기로 하였다. 피뢰침을 오르는 것 정

도는 선원한테는 쉬운 일이었다. 그러나 창문을 들여
다볼 수 있는 높이까지 올라간 후에는 더 이상 그놈
을 쫓을 수가 없었다. 그놈처럼 반동을 이용한 곡예
를 할 수 없었기 때문에 몸을 앞으로 하여 방 안을
힐끗 들여다보고 그놈을 찾아보는 것이 고작이었다.

방 안에서는 벌써 끔찍한 일이 벌어지고 있었다.
그는 방 안을 들여다보았다가 공포에 질린 나머지 손
의 힘이 빠져 자칫하면 떨어질 뻔했다. 모르그 가의
사람들 잠을 깨운 무서운 비명소리가 한밤의 고요를
깨뜨린 것은 바로 그때였다.

레스파네 부인과 딸은 나이트가
운을 걸친 채 철제 금고를 방 한
가운데 꺼내놓고 서류 정리를 하
고 있었다. 금고를 열어 그 안의
물건들을 살펴보고 있었다.

희생자들은 창을 등지고 앉아 있었던 모양이다. 비
명소리가 나기까지의 시간이 걸린 것을 보면 두 모녀
는 동물의 침입을 즉시 알아채지 못한 것 같았다. 덧
문이 덜컹거리는 소리도 바람 탓으로만 여기고 신경
쓰지 않았을 것이다.

선원이 그놈의 모습을 찾기 위해 방 안을 들여다보
았을 때 거대한 동물은 레스파네 부인의 풀어내린 머

리카락을 쥐고 이발사의 흉내를 내며 면도칼을 그녀의 얼굴 앞에서 휘두르고 있었다. 딸은 기절한 채 쓰러져 꼼짝도 하지 않았다.

노부인이 비명을 지르고 몸부림을 쳤으므로 그 바람에 머리털이 통째로 뽑히고 말았다. 오랑우탄도 처음에는 악의가 없었겠지만 노부인의 비명소리에 마침내 화를 내기 시작했다. 면도칼을 든 강력한 팔을 한 번 휘두르자 그녀의 머리는 몸통에서 거의 떨어져 나갔다.

피를 본 동물의 분노는 광기로 변하여 불타올랐다. 이빨을 갈고 눈에서 불을 내뿜으며 기절한 딸의 몸을 덮치더니 맹수의 무서운 발톱을 딸의 목에 깊이 박고 숨이 끊어질 때까지 놓으려 하지 않았다.

이때 그놈의 번득이는 광포한 눈이 침대머리 창문을 향했다. 창문 밖의 공포에 질린 주인의 얼굴이 힐끔 보였다. 동물은 주인의 채찍을 기억해냈는지 분노는 순간 공포로 변했다.

주인에게 채찍을 맞을지도 모른다는 생각에 흥분하여 광란 상태로 방 안을 날뛰고 돌아다니며 가구를 팽개쳐 두들겨 부수고 침대에 있는 침구를 마구 잡아 끌어내렸다. 그러더니 조금 전에 한 야수의 잔인한 살육 행위를 감추고 싶었는지 딸의 시체를 움켜잡아 굴뚝 속에 거꾸로 쑤셔 박아 넣고 노부인의 시체를 들어 곧장 창문 밖으로 내던졌다.

거대한 오랑우탄이 마구 찢긴 노부인의 시체를 들고 창문으로 다가올 때, 창문 밖에 있던 선원은 혼비백산하여 피뢰침에 매달려 피신했다가 내려간다기보다는 거의 미끄러지듯이 떨어져 내려와 뒤도 돌아보지 않고 집으로 도망쳐 돌아왔다. 이 끔찍한 짓의 결과가 두렵고 공포에 질려 있었기 때문에 오랑우탄의 운명 따위는 전혀 염두에도 없었다.

사람들이 계단에서 들었던 다투는 듯한 말소리라는 것은 이 동물의 악귀 같은 울부짖음에 뒤섞인 프랑스인 선원의 공포와 경악의 외침이었던 것이다.

이 이상 덧붙일 설명은 없다. 오랑우탄은 사람들이 몰려와 방문을 부수기 직전 피뢰침을 타고 내려와 도망쳤다. 그놈이 창문을 빠져나온 후 자동 잠금 장치인 용수철로 인해 창문은 저절로 닫혀졌다.

그 후 선원은 자신이 직접 오랑우탄을 포획하여 자르댕 데 플랑테의 동물원에 상당한 고가로 팔았다.

우리는 경시청 총감실을 찾아갔다. 뒤팽이 사건의 전모를 상세히 밝히자 르봉은 즉각 석방되었다. 총감은 내 친구에게 호의를 갖고 있었지만 사건이 그로 인해 해결이 된 것이 불쾌했던지 쓸데없는 참견은 금물이라는 따위의 싫은 소리를 한두 마디 지껄였다.

"내버려 둬."

하고 뒤팽은 말했다. 그는 시답지 않는 소리에 대꾸할 필요를 느끼지 않았다.

"마음대로 떠들라지. 그렇게 해서라도 속이 풀린다면. 그곳의 씨름판에서 그쪽을 지게 했으니 이쪽 편은 만족이야.

사실 그가 사건 해결에 실패한 것은 깊이가 모자랐던 것뿐이지. 경시총감이란 작자의 지나치게 노련한 것이 오히려 얕은 생각을 낳은 거야. 꽃의 수술이 빠진 것처럼 그의 지혜에는 뭔가 부족했어. 여신 라베르나(로마신화에 나오는 도둑의 여신)의 그림같이 머리만 있고 몸은 없든가, 그렇지 않으면 물고기 대구처럼 머리와 어깨뿐이든가.

그건 그렇다 치고 어쨌든 그는 재미있는 사나이야. 특히 그가 아무것도 아닌 것을 가지고 뻔뻔스럽게 거드름을 피우며 지껄이는 것이 마음에 들어. 장 자크 루소의 〈신 엘로이즈〉에 나오는 말로 '있는 것을 부정하고 없는 것을 설명한다.' 는 그런 수완 정도로 영민하다는 명성을 얻고 있으니 말이야."

황금벌레

저런! 저런! 저놈이 미친 듯이 춤추고 있네.
어미 거미에게 물렸구나.

—아서 머피, '모두 글렀다'—

　수년 전 나는 윌리엄 레그랜드라는 사람과 친밀하게 지냈다.

　그는 오랜 위그노 교도 집안사람으로, 한때는 큰 부자로서 호화로운 생활을 했었지만 그 후 계속 닥쳐온 불행으로 말미암아 빈궁한 처지에 빠지게 되었다. 그런 불행 끝에 으레 따라붙기 마련인 사람들의 비난을 피하기 위하여, 그는 선조 대대로부터 살아오던 뉴올리언즈 시를 떠나 사우스캐롤라이나 주의 찰스턴 근처에 있는 설리번 섬으로 이사했다.

　이 섬은 매우 특이하게 생겼다. 섬 전체가 거의 모래로만 되어 있고 길이는 약 3마일 가량이었으며 섬의 폭은 어느 쪽이든지 간에 4분의
1마일을 넘지 않았는데, 황새들이 즐
겨 모여드는 갈대 숲과 진흙탕의 넓
은 늪 사이를 졸졸 흘러내려가는 눈
에 띌까 말까한 조그마한 강이 육지
를 분리시키고 있었다.

섬에는 모울트리 요새가 우뚝 서 있고, 여름 한때
찰스턴의 먼지와 더위를 피하러 온 사람들이 사는 몇
채의 쓸쓸하고 초라한 집들이 있었다.

섬의 서쪽 끝에는 나무가 워낙 드물어, 있다고 해
야 앙상한 것들뿐이고 키가 큰 나무는 눈에 띄지 않
았다. 대머리에 몇 가닥 남은 머리카락 같은 종려나
무가 몇 그루 보이기는 하였다.

하지만 이 서쪽 끝과 흰 모래로 덮여 있는 해안선
을 제외하고는, 영국 원예가들이 사랑하는 향기로운
도금양나무의 울창한 관목으로 섬 전체가 덮여 있었
다. 이 관목들은 높이가 십오 피트에서 이십 피트에
까지 이르러 헤치고 들어갈 수 없을 만큼 빽빽하게
우거졌으며 주변은 나무의 향기로 가득 차 있었다.

내가 우연히 레그랜드를 알게 됐을 때에는 숲속의
제일 먼 구석, 즉 섬의 동쪽으로부터 그리 멀지 않
은 곳에 그가 손수 지은 작은 집에서 살고 있었을
때였다.

우리는 점점 친해졌는데 그는 사람들의 흥미와 존경을 불러일으킬 만한 여러 특징을 지니고 있었다. 많은 교육을 받았고 매우 명석한 두뇌를 가지고 있었지만, 한참 동안 열심히 이야기하다 갑자기 우울해지는 염세주의에 빠져 있었다. 상당히 많은 장서를 갖고 있었으나 책을 많이 읽지는 않았다.

　그의 중요한 오락은 사냥과 낚시 또는 바닷가와 숲 속을 이리저리 다니며 조개껍질이라든가 곤충들을 채집하는 일이었다. 특히 그가 채집한 곤충들은 스와머담 같은 대 곤충학자도 탐낼 만한 것들이었다.

　그가 채집을 나갈 때에는 반드시 주피터라는 흑인 노인을 데리고 다녔다. 이 흑인은 레그랜드의 집안이 몰락하기 전에 이미 해방된 몸이었으나 떠나지 않았었다. 그를 보내기 위해 위협도 해보고 달래기도 하였지만 젊은 '윌 도련님'의 뒤를 쫓아다니는 것을 자신의 특권처럼 생각하여 절대로 그만두려고 하지 않았다. 더욱이 레그랜드의 친척들이 그의 정신이 좀 성치 못한 것을 알고 그를 감독하고 보호하기 위하여 주피터에게 그러한 의무감을 머릿속에 깊이 새겨 주었는지도 모르겠다.

　설리반섬은 위도상 겨울이라 해도 그다지 춥지는 않았으며 보통 난로 없이 겨울을 넘길 수 있었다. 그

런데 18××년 10월 중순경 어느 날은 날씨가 아주 냉랭하였다.

바로 그날 저녁, 해가 저물기 전에 나는 상록수 숲을 지나 여러 날을 만나지 못한 레그랜드 집을 방문하였다. 나는 이 섬에서 9마일 떨어진 찰스턴에서 살고 있었는데 요즘보다는 교통이 훨씬 불편했었다.

그의 집에 도착하여 문을 두드려 보았지만 아무런 대답이 없었다. 나는 늘 하던 대로 알고 있는 열쇠통에서 열쇠를 꺼내 문을 열고 안으로 들어갔다. 난로에는 불이 이글이글 타오르고 있었다. 좀 이상한 일이었지만 그렇다고 불쾌한 일은 아니었으므로 나는 외투를 벗고 탁탁거리며 타는 장작 앞으로 의자를 끌어다 놓고 걸터앉아 주인이 돌아오기를 기다리고 있었다.

그들은 해가 지고 나서 조금 있다가 돌아와 나를 진심으로 반겨 주었다. 주피터는 입을 크게 벌려 웃어대며 저녁 식사로 뜸부기 요리를 하겠다고 떠들며 수선을 피웠다.

레그랜드는 또다시 무엇엔가 열중하는 발작 –다른 말로 설명할 길이 없다.–이 일어난 것 같았다. 아직 세상에 알려지지 않은 새로운 종의 쌍조개 껍질을 발

견하였고, 더구나 주피터의 도움으로 아주 진귀한 종
으로 보이는 갑충을 한 마리 잡았는데 그것에 관해
내일 아침 내 의견을 듣고 싶다는 것이었다.

"왜 오늘 밤에는 안 되나?"

나는 불을 쬐던 손을 비비며, 갑충이 뭐 말라비틀
어진 거냐고 속으로 중얼거리면서 이렇게 물었다.

"아, 그야 자네가 오늘 밤에 올 줄 알았다면야! 자
넬 만난 지가 꽤 오래되지 않았나? 그러니 자네가 오
늘 밤에 오리라는 걸 어찌 알 수 있었겠나? 그래서
오는 도중에 요새의 G중위를 만나 그걸 빌려 주었다
네. 내일 아침까지는 자네에게 보여 줄 수가 없으니
오늘 밤은 우리 집에서 쉬게. 그러면 내일 아침 일찍
주피터를 보내 찾아오게 할 테니까. 세상에서 가장
아름다운 것이라네!"

"뭐가? 새벽이?"

"정신 나간 소리! 그게 아니라 갑충 말이야. 번쩍
이는 황금 빛깔에 큰 호두알만 해. 등 끝에는 시꺼먼
점이 두 개 있고 더듬이는……."

"더듬이 같은 건 없었어요. 도련님도 원, 그렇게
얘길 해도."

주피터가 말을 가로챘다.

"그건 진짜 황금풍뎅이라니까요. 안팎이 모두 황금
빛깔이 돌던데요, 날갯죽지만은 그렇지 않았지만. 내

평생에 그렇게 무거운 황금풍뎅이는 본 적도 없는뎁쇼."

"흥, 그러다가, 주피터."

레그랜드는 이럴 때는 좀 어울리지 않게 지나칠 정도로 열심히 말하는 것이었다.

"그 새 요리를 타게 내버려두진 않겠지? 빛깔은 말일세……."

하고 날 돌아다보며,

"주피터가 저렇게 생각하는 것도 무리는 아닐세. 자네도 그런 빛깔은 아마 보지 못했을걸. 내일 아침에 실물을 보기 전까지는 무어라 할 수 없네. 그렇지만 그 형태는 지금 얘기할 수 있지."

하며 조그마한 책상 쪽으로 가서 앉았다. 그 위에는 펜과 잉크만이 있을 뿐 종이가 없었다. 서랍 안을 찾아보았으나 그 속에도 종이는 없었다.

"괜찮아, 이걸로도 돼."

그는 조끼 주머니에서 아주 더러운 종이 조각을 꺼내서 그 위에 펜으로 대략의 형태를 그리기 시작했다. 그동안 나는 추웠으므로 난로 옆에 있는 의자에 그대로 앉아 있었다. 그림이 다 되자 레그랜드는 앉은 채 그것을 나에게 내밀었다.

내가 그것을 받았을 때 문 밖에서 개짖는 소리가 들리더니 뒤이어 이내 문을 긁는 소리가 들렸다. 주피터가 문을 열어 주자 레그랜드가 기르고 있는 뉴펀들랜드종의 개가 뛰어 들어와 나의 어깨에 매달려 연방 핥으며 야단이었다. 내가 이 집에 올 때마다 귀여워해 주었기 때문이다.

개와의 인사가 끝났을 때에야 나는 그 종이를 들여다보았는데, 그의 그림을 보고 사실 적잖이 놀랐다.

"음, 이건 참 이상한 갑충인걸. 처음 보는 거야. 여태까지 본 것 중에서. 마치 해골처럼 보이는 걸."

"해골?"

레그랜드는 내 말을 그대로 되받았다.

"그렇지, 그림으로는 좀 그렇게 보일지도 모르지. 위쪽의 두 개의 흑점은 눈처럼 보이고 아래쪽에 있는 긴 점은 입처럼 보일지도. 그리고 전체의 모양이 타원형이니까."

"아마, 그럴지도 모르겠군. 그런데 레그랜드, 자네 그림이 좀 서툰 것 같아. 진짜를 보지 않고는 뭐라 할 수 없겠는데?"

"음, 그런가? 나는 그림을 꽤 잘 그리는 편인데, 적어도 이런 것쯤이야. 대가한테 배우기도 해 그림에 있어서는 남에게 뒤떨어지지 않는다고 자부하고 있는

데 말이야."

그는 약간 기분이 상한 듯이 말했다.

"그렇다면 여보게, 자네는 농담을 하고 있는 거군. 이거야 누가 보든지 틀림없는 해골일세. 생리학의 표본에 관한 세속적인 의견으로 보면 틀림없는 해골이야. 그리고 자네가 발견한 갑충이 꼭 이렇다면 그거야말로 이상야릇한 갑충인 걸. 아, 이것을 힌트로 아주 재미있는 미신을 만들어 낼 수 있을지도 모르겠군. 그 갑충을 해골갑충이라든가 혹은 그와 비슷한 이름을 붙이면 어떻겠나? 생물학에는 그런 명칭이 얼마든지 있으니까 말이야. 그건 그렇고, 자네가 말하는 그 더듬이는 어디에 있나?"

"더듬이 말이지!"

이 문제에 까닭 모르게 흥분한 레그랜드가 말했다.

"거기에 그려져 있잖아? 실물처럼 똑같이 그려서 보면 알 텐데 그러는군."

"그런가? 자네는 그렸을지 모르지만 내 눈에는 보이지 않는 걸."

그가 화를 낼까봐 나는 더 이상 아무 말도 하지 않고 그 종이를 돌려주었다.

이렇게 돌변한 상황과 그의 부루퉁한 태도에 나는 당황하고 있었다. 갑충의 그림에서 더듬이는 전혀 찾아낼 수가 없었으며 그림 전체는 틀림없이 흔히 보는 해골의 그림 그것이었다.

레그랜드는 매우 불쾌한 표정으로 그 종이를 받았다. 그리고 종이를 불속에다 집어넣을 작정인지 구겨버리려다가 우연히 그림을 다시 한 번 보고 주의를 집중시켰다. 그의 얼굴은 갑자기 새빨개지더니 곧 새파랗게 질리고 말았다. 그는 앉은 채 몇 분 동안 세밀히 살펴보았다. 마침내는 일어서서 책상에서 촛불을 들고 방 저쪽 구석에 있는 트렁크 위에 걸터앉아 그 종이를 이리저리 뒤집어 보며 열심히 조사하였다.

한마디 말도 없이 혼자만 있는 듯한 그의 태도에 적잖이 놀랐으나 괜히 쓸데없는 소리를 해서 그의 화를 돋우지 않는 것이 좋을 성싶었다.

조금 있다가 그는 저고리 주머니에서 지갑을 꺼내 종이를 조심스럽게 집어넣은 다음 책상 서랍 속에 넣고 자물쇠를 채웠다. 그의 흥분은 다소 가라앉아 방금 전의 그 열띤 태도는 씻은 듯이 사라졌다. 기분이 침체되어 있다기보다는 다른 일에 정신이 쏠려 있는 것 같았다. 밤이 깊어감에 따라 그는 점점 더 깊이 혼자만의 생각에 빠져들어 갔다.

전에도 여러 번 잔 적이 있었으므로 오늘 밤도 자고 갈 작정이었지만 주인이 이 꼴인 것을 보자 나는 그만 떠나는 것이 상책이다 싶었다. 그는 구태여 꼭 자고 가라고 붙잡지는 않았지만, 내가 그의 집을 떠날 때 그는 다른 때와는 달리 각별하게 내 손을 힘차게 잡아 주었다.

이 일이 있은 지 약 한 달이 지난 후, ―그 동안 나는 레그랜드를 만난 적이 없었다.― 그의 하인인 주피터가 찰스턴으로 나를 찾아왔다. 나는 이 선량한 흑인이 이때처럼 기운 없이 어깨를 축 늘어뜨린 채 낙심하고 있는 꼴을 전에는 본 일이 없었다. 그래서 나는 혹시 친구 신변에 큰 재난이 일어난 것이 아닌가 하고 생각했다.

"이게 웬일이야? 주피터, 대체 무슨 일이 있나? 주인은 편안한가?"

"그것이 말이죠. 아무 데도 아픈 덴 없다고 그러는데, 그러면서도 여간 편치 못한 것 같아요."

"여간 편치 못하다? 아, 그런데 왜 더 빨리 알려주지 않았어? 몸져 누워있나?"

"아뇨. 누워 있지는 않아요. 그것이 오히려 더 걱정이란 말이죠. 난 도련님 일로 걱정이 되어 아주 미칠 것만 같아요."

"주피터, 난 자네가 뭐라고 하는지 도무지 알아들을 수가 없는 걸. 자네 얘기로는 주인이 편치 않은 것 같은데, 주인이 어디가 아프다는 얘기도 안한단 말인가?"

"안 해요. 아무리 알아보려고 해도 소용이 없는 걸요. 월 도련님은 아무렇지 않다고만 해요. 그렇지만 아무렇지 않다면 왜 머리를 숙이고 어깨를 들썩이면서 도깨비처럼 새파란 얼굴로 싸다니는 거지요? 그리고 밤낮 아라비아 숫자만 쓰고 계시니……."

"무엇을 쓰고 있다고, 주피터?"

"석판 위에다 이상한 부호와 아라비아 숫자만 쓰고 있어요. 난 그런 별난 건 처음 보는데 딱 질색이에요. 언제나 도련님을 감시하지 않으면 안 되고요. 요전 날은 먼동도 트기 전에 슬쩍 없어져 하루 종일 안 들어왔어요. 들어오기만 하면 아주 혼을 내주려고 굵은 몽둥이를 준비해 놓았다가 -난 마음이 약해서 그럴 용기가 있어야지요.- 도련님이 아주 핼쑥한 꼴로 들어오는 걸 보고서는 그만두었지요."

"아니? 뭐, 뭐라고? 아, 그래. 주인한테 그런 짓을 해서야 주인이 가만둘라고. 그건 그렇고, 왜 그런 행동들을 하는지 자네는 모르겠나? 얼마 전에 내가 자네네 집에 다녀온 뒤 무슨 좋지 않은 일이 생기기라도 한 건가?"

"아뇨. 그런 것은 없었어요. 아마 그 전에 무슨 일이 있었나 봐요. 나리님이 다녀가신 바로 그날 말이죠."

"왜? 그건 무슨 말이야?"

"아, 그 갑충 말이에요……. 확실히 윌 도련님이 머리의 어딘가를 그놈한테 물렸나 봐요."

"주피터, 무슨 이유로 그렇게 생각하는 거지?"

"그 갑충의 발톱만 보더라도 그렇고, 그리고 아유,

그 주둥아리, 난 그런 끔찍한 녀석은 처음 봤어요. 근처에만 가면 아무거나 차고 물어뜯는 거예요. 윌 도련님이 먼저 붙잡았다가 곧 질겁해서 놓아 버렸어요. 아마 그때 물렸나 봐요. 난 그 벌레의 주둥아리 꼬락서니가 보기 싫고 손으로는 만지고 싶지 않아 그 근처에서 눈에 띈 종이로 눌렀어요. 그걸로 싸서 주둥아리에 종이 끝을 틀어박았지요."

"자, 그렇다면 자네 주인은 정말 갑충에 물려서 그것으로 병이 되었다고 자네는 생각한단 말이지?"

"생각하는 게 아니라 틀림없이 그런 걸요. 그 황금풍뎅이한테 물리지 않고서야 도련님이 왜 그 리 황금의 꿈만 꾸는 거지요? 난 예전에 황금풍뎅이 얘기를 들어서 알고 있지요."

"주인이 황금의 꿈을 꾸는지 자네가 어떻게 알지?"

"어떻게 아냐고요? 주인이 잠꼬대까지 하는데 모르겠어요?"

"음, 그래? 그렇다면 주피터 말이 옳겠구먼. 그건 그렇고, 무슨 일로 우리 집엘 왔나?"

"왜 왔냐고요?"

"레그랜드 군으로부터 무슨 부탁이라도 있어 왔나?"

이렇게 말하는 나에게 주피터는 쪽지 한 장을 넘겨
주었다.

그 쪽지에는 다음과 같은 사연이 적혀 있었다.

친애하는 벗에게

자네는 왜 이렇게 오랫동안 와 주지를 않는 건가?
내가 전에 자네에게 좀 냉정하게 군 탓으로 그러는
것은 아니겠지? 그럴 리는 없을 거라고 믿네.

자네와 헤어진 후 큰 두통거리가 하나 생겼지. 자
네와 상의를 해야 할 것 같네.

나는 요사이 심신이 지쳐 조금 괴로워하고 있는데
그 늙은 주피터가 어찌나 염려하는지 견디지 못할 지
경일세. 이 얘기를 자네는 믿어줄는지? 며칠 전에 나
는 주피터 몰래 혼자서만 본토의 산속에서 하루를 보
낸 일이 있었는데 그 때문에 나를 혼내겠다고 크고
굵은 몽둥이를 준비해 두고 있었다네. 다행히 내 안
색이 핼쑥한 바람에 그냥 넘어갔지 그렇지 않았다면
정말 큰일날 뻔했다네.

될 수 있으면 이번에 주피터와 같이 와 주었으면
좋겠네. 꼭 와 주게. 중대한 사안으로 오늘 밤 자네
를 꼭 만나고 싶네. 극히 중요한 사안임을 단언하네.

윌리엄 레그랜드

그의 편지투에서 무언지 모르는 불안을 느꼈다. 편지의 필적도 평소의 그의 필적과는 판이하게 달랐다. 대체 그는 무엇을 꿈꾸고 있는 것일까? 어떤 기이한 곤충이 또 그의 흥분하기 쉬운 뇌를 어수선하게 했을까? 어떤 '극히 중요한 사안'에 당면하고 있는 것일까?

주피터의 말로 미루어 보면 결코 좋은 일 같지는 않았다. 나는 그에게 거듭되는 불행의 압박이 기어이 레그랜드의 이성을 흐트러뜨린 것이 아닌가 걱정이 되었다. 그래서 나는 망설일 것도 없이 곧 주피터와 같이 섬으로 떠나기로 했다.

부두에 도착했을 때 새로 산 한 자루의 큰 낫과 세 자루의 삽이 우리들이 탈 보트 안에 놓여 있는 것이 눈에 띄었다.

"이건 도대체 무엇인가?"

"우리 도련님의 낫과 삽이죠."

"그야 그렇겠지. 그런데 이걸 어디에 쓸 거냐고?"

"월 도련님이 거리에 가서 사오라고 졸라서 견딜 수가 있어야지요. 이걸 사느라고 돈을 한 짐이나 뺏겼는뎁쇼."

"아, 글쎄. 그게 아니라 자네네 월 도련님이 이 낫과 삽을 무엇에 쓸려고 하느냐 말이야?"

"그야 낸들 알 수 있나요. 윌 도련님도 결국엔 모를 걸요. 모두가 다 고놈의 황금풍뎅이 새끼 탓이라니까요."

황금풍뎅이에게만 정신을 뺏기고 있는 주피터로부터는 무엇 하나 만족할 만한 대답을 얻을 성싶지 않았다. 나는 보트를 타고 요새 북쪽에 있는 조그마한 포구로 들어갔다. 그리고 약 2마일쯤 걸어 그의 작은 집에 당도했다.

우리들이 그곳에 도착했을 때는 오후 3시경으로 레그랜드는 우리들을 몹시 기다리고 있었다. 그는 신경질적인 열정으로 내 손을 꽉 붙잡았는데, 그것은 나를 깜짝 놀라게 함과 동시에 전부터 품고 있던 의혹을 한층 더 강하게 했다. 그의 얼굴은 무서울 만큼 창백해졌고 움푹 들어간 두 눈은 이상한 광채를 발하고 있었다.

그의 건강에 대해 두서너 마디 물어 본 후에는 대화가 끊겨 무슨 할 말이 없을까 생각하다가 나는 G중위에게서 그 갑충을 찾아왔느냐고 물었다. 그는 몹시 흥분한 빛을 띠며 대답했다.

"아, 그럼. 다음날 아침에 당장 찾아왔지. 무슨 일이 있어도 다시는 그 갑충을 아무 데나 내놓지 않겠네. 주피터의 말이 참말이었어."

"무슨 말?"

나는 슬픈 예감을 느끼며 물었다.

"진짜 황금벌레라고 한 말 말이야."

그가 진심에서 우러나온 어조로 말했기 때문에 나는 무어라 말할 수 없을 정도로 놀라 가슴이 덜컥 내려앉았다.

"이 벌레가 내게 행운을 가져다 줄 걸세."

그는 득의양양한 미소를 띠며 말을 이었다.

"우리 집 재산을 도로 회복시켜 줄 거란 말일세. 그러니 그놈을 끔찍이 아끼지 않을 수 없지. 복 덩어리가 나에게 굴러들어왔으니까 그걸 잘 이용하면 큰 보물 상자 위에 올라앉을 수 있을 걸세. 주피터, 가서 그 갑충을 이리 가지고 와!"

"뭐요? 그 벌레를요? 도련님이 가서 가지고 오세요. 난 싫어요."

그러자 레그랜드는 엄숙하고 위엄 있는 태도로 일어나서 유리 상자 속에서 갑충을 꺼내 가지고 왔다. 그것은 정말로 아름다운, 그 당시에는 생물학자들에게도 알려지지 않은 −물론 학문적 견지에서 보더라도 매우 희귀한 갑충이었다. 잔등 끝에는 두 개의 둥근 흑점이 있고 다른 끝 근처에는 또 하나 긴 흑점이 있었다. 몸을 둘러싸고 있는 껍질은 무척 단단하고 번쩍이며 마치 반짝반짝하게 닦은 황금처럼 보였다. 그 갑충의 무게가 황금처럼 무거웠으므로 주피터가 그렇게 생각한 것도 당연하다고 느 껴졌다. 그렇지만 이 친구는 어찌 하여 주피터의 의견과 일치하게 되 었을까. 그것은 아무리 생각하는 보아도 알 수 없는 일이었다.

"이 행운과 갑충에 관한 계획을 더 진전시키기 위해 자네의 충고 와 조력을 구하려고 자네를 부른 것일세……."

내가 갑충을 다 살펴보자 레그랜드가 근엄한 어조 로 이렇게 말했다.

"여보게, 레그랜드 군!"

그의 말을 가로막으며 내가 목소리를 높였다.

"자네는 확실히 병일세. 암만해도 몸조리를 하는 게 좋겠네. 자리에 눕게. 자네 병이 완쾌될 때까지 내 가 며칠 자네 옆에 있어 주겠네. 자넨 열이 있어 서……, 열을 좀 재보세."

나는 그의 머리를 짚어 보았지만 열은 조금도 없는 것 같았다.

"아냐, 이 사람아. 열은 없어도 병일지도 모르네. 자, 좌우간 이번만은 내 말을 듣게. 자, 자, 우선 누 워, 눕게. 그 다음에……."

"오해야, 이 사람아!"

하며 그가 내 말을 가로막았다.

"내가 매우 흥분하고 있긴 하지만 지금 나의 건강 상태는 더할 나위 없이 좋아. 자네가 정말 내 건강이 염려된다면 이 흥분 상태로부터 나를 좀 건져 주게."

"어떻게 하면 되겠나?"

"그야 어려울 것 없지. 나 와 주피터가 이제부터 본토 에 있는 산으로 탐험의 길 을 떠나려고 하는데 사실은 이 탐험에 신뢰할 만한 사  람의 도움이 필요하다는 말일세. 알겠나? 성공하든지 실패하든지 간에 그건 고사하고 좌우간 자네가 조력 만 해주면 자네가 염려하고 있는 내 흥분 상태는 가 라앉을 거야."

"조력이야 얼마든지 해줄 수 있네. 한데 이 골치 아픈 갑충이 자네의 탐험과 관계가 있단 말인가?"

"그야 있고말고."

"그렇다면 여보게, 레그랜드 군. 난 그런 어리석은 탐험대에는 참여할 수가 없네."

"유감인데, 정말 유감이야. 그렇다면 우리들끼리만 할 수 밖에 없군."

"자네들끼리만 한다? 아, 이 사람 정신이 나갔군! 가만있자, 그 탐험은 시간이 얼마나 걸리겠나?"

"어쩌면 오늘 밤은 못 돌아올 거야. 그렇지만 지금

당장 떠나면 아마 새벽까지는 돌아오게 될 걸세."

"그렇다면 자네의 이 미친 발광으로 갑충에 관한 사안(하느님 맙소사!)이 자네 마음에 흡족하도록 해결이 되면 집에 돌아오는 대로 의사의 치료를 받겠다고 약속해 주겠나?"

"그러지, 꼭 약속하겠네. 자, 어서 떠나세. 우물쭈물하고 있을 때가 아니니까."

어두운 마음으로 나는 그의 뒤를 따르기로 하였다. 우리들, 레그랜드와 주피터와 개와 그리고 나는 오후 4시경에 집을 떠났다.

주피터는 낫과 삽을 들었다. 그는 그것들을 혼자 들고 간다고 고집을 부렸는데, 그것은 그가 충성스럽고 온순해서가 아니라 주인 손에 그런 것들을 들게 하는 것이 위험해서 그러는 것이었다. 그는 우리들이 무슨 말을 시켜도 듣지 않았으며 가는 동안 내내, '그놈의 빌어먹을 풍뎅이 놈이'만을 입속으로 되풀이하며 걸어갔다.

나는 두 개의 램프를 들고 걸었는데, 레그랜드는 아무것도 들지 않고 그 황금풍뎅이 만으로 만족한 듯이 짧은 가죽 끈 끝에 잡아맨 채 마치 요술쟁이처럼 이리저리 휘휘 휘두르며 걸어갔다.

나는 암만해도 이런 탐험이 친구가 정신 이상에 걸린 최초의 확실한 증거인 것만 같아 눈물이 날 것만 같았다. 그러나 나는 더 확실한 증거가 나타날 때까지는 하고 싶은 대로 그냥 내버려두는 것이 상책일 거라고 생각하였다. 그래서 나는 우리들이 하려는 탐험의 목적이 무엇이냐고 물어보았지만 그것은 헛수고였다. 나를 설득해서 끌고 온 것만이 스스로 대견하여 그는 세세한 문제에 대해서는 대답조차 귀찮아하는 눈치였다. 내가 물을 때마다 똑같은 대답으로,

"이제 곧 알게 될 걸, 뭐……."

할 뿐 다른 대답은 하지도 않았다.

우리들은 보트를 타고 섬 끝에 있는 작은 강을 건너 본토 해안에 보트를 묶어 두었다. 그리고 언덕을 기어올라 사람 발자국 하나 없는 아주 험하고 거친 곳을 지나 북쪽으로 걸어갔다. 레그랜드는 미리 해 둔 표지를 찾기 위해 여기저기서 발길을 가끔 멈출 뿐이었다.

이렇게 두어 시간 가량이나 걸어 여태까지보다도 더욱 황량한 곳에 당도하였을 즈음에 해는 막 서산으로 기울고 있었다. 목표 지점은 인간의 힘으로는 도저히 접근할 수 없을 것 같은 산 정상에 가까운 높은 지대였다. 산 밑에부터 산 정상까지 나무가 빽빽하게 우거져 있었으며, 산 중간에는 큰 바위가 우뚝우뚝 흩어져 솟아 있었는데 나무들에 의지하여 골짜기로 굴러 떨어지지 않고 있는 것 같았다. 사방이 산으로

둘러싸인 깊은 골짜기는 주위의 경치를 한층 더 장엄하게 만들고 있었다.

우리들이 기어 올라간 이 자연의 고대는 온통 가시덤불로 덮여 있어서 낫이 없었더라면 도저히 한 걸음도 앞으로 나아갈 수가 없었을 터였다. 주피터가 주인의 명령을 받아, 정상에 높이 솟은 백합나무의 가장자리까지 가시덤불을 베어 헤쳐가며 길을 만들었다.

그 백합나무는 곁에 서 있는 열 그루 남짓한 백양나무와 더불어 고대 위에 우뚝 서 있는데 그 나무  줄기가 뻗은 당당한 자태라든가 잎이 퍼진 모습들이 그 주위에 서 있는 백양나무들보다 아니, 내가 이제까지 봐온 어떤 나무들보다도 훌륭하게 보였다.

우리들이 이 나무에 도착했을 때 레그랜드는 주피터를 돌아보며 이 나무에 올라갈 수 있겠느냐고 물었다. 주피터는 무척 망설이며 한참 동안 대답이 없었다. 그러더니 겨우 앞으로 나가 그 나무기둥 주위를 한 바퀴 천천히 돌아보며 세세히 살펴보고 조사가 끝나자 대답했다.

"네, 도련님. 주피터는 평생에 못 올라가는 나무가 없었는 걸요."

"음, 그래. 그럼 될 수 있는 대로 빨리 올라가. 날이 곧 어두워지면 잘 보이지 않을 테니까."

"어디까지 올라가란 말씀이죠, 도련님?"

"우선 원 줄기로만 올라가. 올라간 다음에 또 말해 줄 테니까. 잠깐, 좀 기다려! 이 풍뎅이를 가지고 올라가야 해."

"풍뎅이요? 월 도련님! 그 황금벌레를 말이요?"

주피터는 질겁하여 뒷걸음치며 소리를 질렀다.

"뭣하러 그까짓 것을 가지고 올라갑니까? 그건 죽어도 싫어요!"

"너처럼 그렇게 덩치가 큰 검둥이가 요까짓 죽어서 쏘지도 못하는 조그만 풍뎅이 하나 붙잡는 게 무서워? 자, 그럼 이 가죽 끈 끝을 붙잡고 올라가 봐. 아, 그래도 싫어? 그래도 막무가내면 이 삽으로 머리를 갈겨 버릴 테다!"

"어쩌란 말씀이요, 도련님?"

주피터는 망신을 당하고 나서 분명히 복종하는 눈치였다.

"나 같은 흑인 놈에게 그렇게 심한 말을 하시고. 그건 다 농담이었다고요. 내가 고까짓 걸 무서워할 줄 알아요? 자, 이리 줘요. 고까짓 것."

말은 이러면서도 가죽 끈 끝을 조심조심 붙잡고 되도록 몸에서 멀찌감치 떨어지게 하면서 올라갈 준비를 했다.

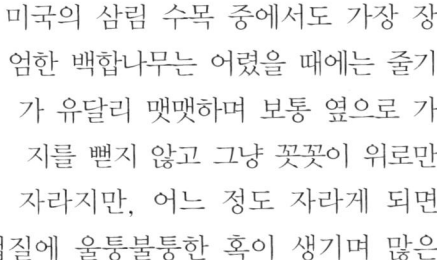

미국의 삼림 수목 중에서도 가장 장엄한 백합나무는 어렸을 때에는 줄기가 유달리 맷맷하며 보통 옆으로 가지를 뻗지 않고 그냥 꼿꼿이 위로만 자라지만, 어느 정도 자라게 되면 껍질에 울퉁불퉁한 혹이 생기며 많은 곁가지가 나온다. 그래서 이 나무도 겉으로 보기보다는 올라가기가 훨씬 힘들었다. 두 팔과 두 무릎으로 큰 줄기를 될 수 있는 대로 꽉 껴안고, 두 손으로 혹을 움켜잡고, 발가락으로는 다른 혹을 딛고서 주피터는 아슬아슬하게 한두 번 떨어질 것 같더니 간신히 첫 번째 굵은 가지에 올라설 수가 있었다. 이 고비만 넘으면 그 다음 일은 거침이 없을 것처럼 보였다. 사실인즉 올라간대야 겨우 지상 육칠십 피트 정도의 곳이었지만 그럭저럭 위험지대는 지나간 셈이었다.

"윌 도련님, 이젠 어디로 갈까요?"

"제일 굵은 가지로 올라가! 이쪽으로, 이쪽으로."

레그랜드가 말했다.

주피터는 재빠르게 주인이 하라는 대로 했다. 별로 힘든 것 같지는 않았다. 점점 더 위로 기어 올라가 울창한 나뭇가지에 가려져 그의 뭉글뭉글한 몸은 기어이 보이지 않게 되었다. 좀 있다가 나뭇가지 사이에서 큰 소리로 부르는 소리가 들렸다.

"더 위로 올라가야 되나요?"

"얼마나 올라갔어?"

"꽤 올라왔어요. 나무 위로 하늘이 보여요."

"하늘 따위는 상관없어. 자, 내 말을 똑똑히 들어. 주피터, 줄기를 내려다보면서 이쪽 아래에 있는 나뭇가지를 세어 봐. 몇 가지나 지났는지?"

"하나, 둘, 셋, 넷, 다섯. 이쪽으로 다섯 개인뎁쇼."

"그럼, 더 올라가."

잠시 후에 일곱 번째 가지에 이르렀다는 것을 알리는 소리가 들려왔다.

"자, 이제는 주피터!"

레그랜드가 상당히 흥분한 목소리로 소리쳤다.

"가능한 그 나뭇가지의 끝까지 나가 봐. 이상한 것이 눈에 띄면 곧 알려 줘야 돼!"

그의 이 위험한 명령을 옆에서 듣고 나는 이 가엾은 친구의 발광에 대하여 설마하며 그래도 친구의 말을 조금이나마 믿었던 마음마저 사라져 버렸다. 그가 미친 것은 분명한 사실이었다. 나는 어떻게 하면 그를 데리고 집으로 갈 수 있을까 그것만을 골똘히 궁리하게 되었다. 어떻게 하면 좋을까 하며 고민하고 있을 때 주피터의 목소리가 또 들려왔다.

"이 가지는 끝까지 갈 수가 없어요. 나뭇가지 끝은

썩었어요."

"썩은 가지야, 주피터?"

레그랜드가 떨리는 소리로 외쳤다.

"그래요, 도련님. 아주 움푹 썩었어요. 틀림없이 말라비틀어졌어요. 아주 죽은 나뭇가지요."

"이제 어떻게 하면 좋을까?"

적이 실망한 듯이 레그랜드가 말했다.

"어떻게 하냐고, 이 사람아?"

그를 말릴 수 있는 기회가 생겨서 나는 반가웠다.

"뭘 어째, 빨리 돌아가서 침대에 누워야지. 자, 가세. 그게 상책이야! 날도 저물고 또 약속한 것도 잊지 않았겠지?"

그는 나의 말은 귓전으로도 듣지 않고 위만 올려다보며 외쳤다.

"주피터, 내 말이 들리나?"

"네, 윌 도련님. 똑똑히 들려요."

"그러면 가지를 칼로 깎아 봐. 아주 썩었는지 어떤지."

"썩긴 썩었어요, 확실히."

조금 후에 주피터가 다시 대답했다.

"그렇지만 대단하지는 않은가 봐요. 나 혼자 같으면 더 갈 수도 있을 것 같은뎁쇼."

"너 혼자 같으면이라니! 그건 또 무슨 소리야?"

"풍뎅이 말이에요! 너무 무거우니까 여기서 그만 떨어뜨리겠어요. 그러면 이 까짓 흑인 하나쯤으로 썩은 나뭇가지가 부러지려고요?"

"아, 뭐야? 이 우라질 놈아!"

레그랜드는 이렇게 욕은 했지만 속으로는 그나마 조금 안심이 된 모양이었다.

"왜 그런 쓸데없는 소릴 하는 거야? 응, 풍뎅이만 떨어뜨려 봐라, 모가질 비틀어 죽일 테니까! 주피터, 알았지?"

"알았어요. 도련님. 도련님은 왜 괜히 욕을 하시는 거요!"

"그러니까 하라는 대로 해. 갈 수 있을 때까지 풍뎅이를 떨어뜨리지 말고 기어나가 봐. 내려오면 상으로 은전 한 닢 줄 테니까."

"이제 가는 중이에요. 월 도련님, 거의 끝까지 왔어요."

주피터가 다시 대답했다.

"끝까지 왔어요!"

그러자 레그랜드는 기쁜 듯이 쇳소리를 내며 외쳤다.

"나뭇가지 끝까지 갔단 말이지?"

"조금만 가면 끝이에요. 그런데 도련님! 오, 오, 오, 이게 뭐예요? 이런, 가지 끝에 뭐가 있어요!"

"그래! 그게 뭐냐?"

몹시 기뻐하면서 레그랜드는 소리를 질렀다.

"아니요, 다른 게 아니라 해골 바가지인뎁쇼. 누가 나뭇가지 위에다 대가리를 놓고 갔는지 살은 까마귀가 다 파먹었어요."

"해골이랬지? 됐어! 나뭇가지에 어떻게 매어져 있지? 무엇으로 맸어?"

"네, 도련님. 살펴볼게요. 그런데 참 이상한뎁쇼. 해골 가운데에다 큰 못을 박아 나무에 맸어요."

"음, 그래. 주피터. 지금부터 꼭 내 말대로 해야 돼. 알았지?"

"네, 도련님."

"그럼 조심해서 해골의 왼쪽 눈을 봐."

"이거 참! 알았어요. 아니, 그런데 눈알은 하나도 없는데요?"

"이 바보야! 왼쪽 구멍 말이야. 그런데 어느 게 왼손이고 어느 게 오른손인지 알아?"

"네, 그야 알죠. 장작 패는 손이 왼손이지 뭐예요."

"그렇지! 넌 왼손잡이니까. 그러면 말이야, 네 왼손과 같은 쪽에 있는 것이 왼쪽 눈이야. 이제 해골의 왼쪽 눈이 어느 건지 알겠지! 알 겠어? 왼쪽 눈이 있는 자리야? 찾았냐?"

오랫동안 아무 대답도 없더니 이윽고 주피터가 이렇게 물었다.

"그러면 해골의 왼손과 같은 쪽에 있겠죠? 하지만 해골에는 손이 없는뎁쇼……. 그만둬요. 이제 알았어요. 음……. 이게 왼쪽 눈이구먼. 이걸 어떡하란 말예요?"

"풍뎅이를 왼쪽 눈 속으로 넣어 가죽 끈의 끝까지 늘어뜨려 봐. 끈 놓치지 않도록 단단히 조심해야 해."

"했어요, 윌 도련님. 구멍으로 풍뎅이를 늘어뜨리는 것쯤이야 문제 있나요. 보세요, 내려갔습죠?"

이렇게 얘기를 주고받는 중에 주피터의 모습은 전혀 보이지 않았지만 그가 내려 보내는 가죽 끈 끝에 매달린 풍뎅이는 희미하게 비추는 석양의 마지막 빛을 받아 잘 닦은 황금덩이처럼 번쩍였다. 황금풍뎅이는 나뭇가지에도 걸리지 않고 축 늘어졌다. 그대로 떨어뜨리면 바로 우리들 발밑에 떨어졌을 것이다.

레그랜드는 즉시 낫을 들고 바로 그 황금벌레 아래에 직경 3, 4야드의 원을 그리며 원 안의 풀들을 쳐냈다. 그 일을 끝마친 다음 그는 주피터에게 가죽 끈을 떨어뜨리고 곧 내려오라고 명령했다. 레그랜드는 갑충이 떨어진 바로 그 지점 위에 말뚝을 박고 주머니에서 줄자를 꺼내 그 끝을 말뚝에 제일 가까운 나무 기둥에 매고 그것을 쭉 말뚝까지 끌고 와서는 또다시 나무와 말뚝의 두 점으로 해서 이미 정해진 방향으로 오십 피트의 거리까지 끌고 갔다.

한편 주피터는 큰 낫으로 가시덤불을 헤쳐 나가 제 2의 지점에 두 번째 말뚝을 박았다. 그리고 이 말뚝을 중심으로 해서 그 주위에 직경 약 4피트의 대략적인 원이 그려졌다. 다음에 레그랜드는 자기 자신도 삽을 한 자루 들고 주피터와 나에게도 각각 한 자루씩 주며 될 수 있는 대로 빨리 땅을 파라고 재촉했다.

사실 나는 이런 탐험 장난에 대해 별로 흥미를 느끼지 못하여 이번에는 그의 부탁을 거절해 버리고 싶었다. 왜냐하면 밤은 점점 다가오고 게다가 지금까지 그와 같이 있으면서 무척 피곤해졌기 때문이었다. 그러나 피할 길이 없었고 한편으로는 이렇게 실성하여 불쌍한 친구의 머리가 더 혼란하게 되지나 않을까 하는 염려도 있었던 것이다.

만약에라도 주피터가 도와준다면 억지로 이 미친 친구를 집으로 끌고 가겠지만 나는 주피터의 성격을 잘 알고 있었다. 어떤 일이든 간에 나와 주인과의 싸움에서 주피터가 내 편이 되어 주리라고는 결코 기대할 수 없었다.

레그랜드는 땅속에 묻힌 보물에 관한 남국의 미신에 홀린 것만은 분명했다. 그리고 그가 갑충을 발견한 것과 주피터까지 완고하게 이 갑충을 '진짜 황금 풍뎅이'라고 주장한 것으로 말미암아 그의 공상이 한 층 더 깊어진 것만은 의심할 여지가 없었다. 광기가 있던 사람은 이런 암시로도 충동적이 되기 쉬운데, 더욱이 오래 전부터 가지고 있던 공상과 일치할 때에 는 한층 더 그러한 것이다.

나는 이 불쌍한 친구가, '풍뎅이가 내 신세를 고쳐 줄 것일세.'라고 한 말이 머리에 떠올랐다. 마음이 서글퍼지며 안타까웠지만 부탁을 거절하고 싶다는 생 각을 꾹 누르고, 선의로 그를 도와주다 보면 눈앞에 나타난 증거로 말미암아 그가 품었던 공상이 잘못이 었다는 것을 더 빨리 깨달을 수 있을 거라고 여겼다.

램프에 불을 켜고 고지를 눈앞에 둔 것처럼 흥이 나서 우리들은 열심히 일을 하기 시작했다. 등불의 빛이 우리들의 몸과 삽 위로 비추어졌을 때 우리들이 허리를 구부리고 일을 하고 있는 모습은 얼마나 그림 같이 아름답게 보일까, 혹은 우연히 이곳을 지나는 사람이 있어서 우리들이 하는 짓을 보았다면 얼마나 이상하고 의심스럽게 보일 것인가 하고 나는 생각하 지 않을 수 없었다. 우리들은 말없이 부지런히 두어 시간을 팠다.

우리들의 일하는 꼴이 우스워 보였던지 개가 마구 짖어대었다. 개는 더욱 큰 소리로 시끄럽게 짖어대

산 아래의 사람들이 들을까 봐 레그랜드는 그것이 큰
걱정이었다. 나로서는 어서 그런 사람이 나타나서 이
미친 친구를 집으로 데리고 갈 수 있으면 하고 은근
히 기대했다. 그러나 이내 주피터가 목을 길게 뽑더
니 성가신 듯이 구덩이 밖으로 튀어나가 바지 멜빵으
로 개 주둥아리를 꽉 잡아매었으므로 개 짖는 소리는
곧 잠잠해졌다. 주피터는 킥킥 웃으며 구덩이 속으로
다시 돌아왔다.

두 시간쯤 지나 우리들은 5피트 정도까지 파 내려 갔으나 전혀 보물이 묻혀 있는 것 같지는 않았다. 여기서 우리들은 모두 일손을 놓았다. 난 이 같은 쓸데 없는 일들이 여기서 끝이 났으면 했다. 레그랜드는 분명 실망한 듯이 보였지만 이마의 땀을 씻더니 다시 파기 시작했다. 우리들은 직경 4피트의 원 둘레를 전부 팠지만 보물이 나타나지 않았으므로 그 범위를 조금 넓혀 2피트 가량을 다시 파보았다. 여전히 보물은 나타나지 않았다.

마침내 레그랜드는 얼굴 가득 쓰라린 실망의 빛을 나타내며 구덩이 밖으로 기어 나와 벗어놓은 저고리를 느릿느릿 마지못해 입기 시작했다. 나는 그를 진정으로 가엾게 생각했다. 그동안 나는 아무 말도 하지 않았다. 주피터는 그의 주인의 명령으로 도구를 주워 모으기 시작했다. 그 일이 끝나고 개 주둥아리를 풀어준 후에 우리들은 묵묵히 발걸음을 돌렸다.

우리들이 열 두어 걸음이나 걸어왔을까, 갑자기 레그랜드는 큰 소리로 욕설을 퍼부으며 주피터에게 달려들어 그의 멱살을 잡았다. 깜짝 놀란 주피터는 눈과 입을 벌릴 대로 헤벌리고 삽을 떨어뜨린 채 무릎을 꿇고 땅 위에 넘어졌다.

"그래, 이 망할 놈아!"

한마디 한마디가 레그랜드의 앙 다문 입에서 새어나왔다.

"이 죽일 놈아! 얘기해 봐. 사실대로 이 자리에서 당장 대답해! 어느 것이, 어느 것이 왼쪽 눈이냐, 응?"

"아이고, 살려줍쇼. 윌 도련님, 이게 왼쪽 눈입니다요."

당장이라도 주인이 눈알을 빼버리지나 않을까 벌벌 떨면서 죽을힘을 다하여 오른쪽 눈을 두 손으로 가리며 질겁한 주피터가 외쳤다.

"내 그럴 줄 알았어. 어째 그럴 것만 같더라! 자, 이젠 됐다!"

레그랜드가 이렇게 소리를 지르며 주피터를 놓아 주고는 갑자기 껑충껑충 뛰며 좋아했으므로 주피터는 일어나 주인 얼굴과 내 얼굴을 얼빠진 사람처럼 번갈아 쳐다볼 뿐이었다.

"자, 그럼 다시 되돌아가야겠다! 아직 절망은 아니거든."

레그랜드는 이렇게 말하며 앞장서서 백합나무까지 되돌아갔다.

"주피터, 이리 와."

우리들이 나무 밑에까지 갔을 때 그는 이렇게 물

었다.

"그 해골이 얼굴을 바깥쪽으로 하고 못에 박혀 있더냐 아니면 가지 안쪽으로 박혀 있더냐?"

"얼굴은 바깥쪽을 향해 있었어요. 그러기에 까마귀가 거침없이 눈알을 파먹을 수 있었죠."

"음, 그래. 그러면 네가 풍뎅이를 떨어뜨린 쪽은 이 눈이야, 이 눈이야?"

레그랜드는 손으로 주피터의 눈을 번갈아 짚어보며 물었다.

"이쪽 눈이에요, 도련님. 왼쪽 눈이에요, 도련님의 말씀대로."

주피터가 가리킨 것은 또다시 오른쪽 눈이었다.

"알았어. 다시 한 번 해봐야겠다."

이 말을 듣고서야 나는 이 미친 친구에게도 다소나마 계획이 있다는 것을 알게 되었다. 그는 풍뎅이가 떨어진 곳에 박혔던 말뚝을 뽑아 3인치 서쪽 지점에다 옮겨 박고 아까처럼 백합나무 기둥에서 제일 가까운 나무로부터 말뚝까지 줄자를 끌어다가 다시 일직선으로 오십 피트의 지점까지 연장시킨 다음 표지를 만들었다. 그곳은 아까 우리들이 파던 곳과는 몇 야드 떨어져 있었다.

새로운 지점 주위에 아까보다 큰 원을 그리고 우리들은 또다시 땅을 파기 시작했다. 무엇이 내 마음을

이렇게 변화시켰는지는 모르겠지만 무척 피곤했는데
도 이번에는 싫증을 느끼지 않았다. 나는 까닭 모를
흥미를 느끼게 되었다. 아니, 흥분까지 했다. 어쩌면
레그랜드의 의외의 태도에서 보여준 선견지명이나 혹
은 심사숙고하는 모습에서 내가 감동을 받았는지도
모르겠다. 이 불쌍한 친구를 미치게 할 만한 가공의
보물이 정말로 나오지나 않을까 하며 신이 나서 땅을
파는 나 자신에 스스로 놀라지 않을 수 없었다.

한 시간 반이나 계속해서 파는 동안 내 머릿속에서
그런 터무니없는 망상이 맴돌고 있을 때 또다시 개가
맹렬한 기세로 짖어댔으므로 우리의 일은 중단되고
말았다. 개가 아까 짖은 것은 신이 나서 그런 것인데
이번에는 그렇지 않은 것 같았다. 주피터가 아까처럼
주둥아리를 막아버리려고 했으나 개는 맹렬히 반항하
며 구덩이 속으로 뛰어들어 발톱으로 미친 듯이 흙을
파헤치기 시작했다.

잠시 후 완전한 해골이 된 두
사람의 뼈다귀 무더기가 나타
났다. 그 밖에 몇 개의 금속
단추와 썩은 양털 모포 등도
섞여 나왔다. 삽으로 그 위를
몇 번 헤적여 보았더니 스페인제 큰 주머니칼이 나타
났다. 좀더 파보았더니 이곳저곳에서 금화와 은화가

몇 개 나왔다.

주피터는 이것을 보고 기쁨을 억제할 수 없는 듯이 히죽거렸지만 그의 주인의 얼굴에는 극도로 실망하는 빛이 보였다. 그러나 그는 단념하지 않고 우리들에게 어서 더 파라고 재촉했다. 이 말이 그의 입에서 떨어지자마자 나는 연한 흙속에 절반쯤 묻힌 굵은 쇠 굴레에 발끝이 걸려 앞으로 비틀거리며 넘어졌다.

우리들은 그야말로 열심이었다. 나는 아직까지 내 평생에 이렇게 열렬히 흥분되었던 십 분간을 경험한 적이 없었다. 그 십 분 동안 장방형의 나무 궤짝을 하나 파냈는데 그것은 조금도 변형되지 않았고 놀랄 만큼 단단한 것으로 보아 분명히 무슨 강화 작용, 아마도 염화 제2수은 처리를 해놓은 것처럼 보였다.

그 궤짝은 길이 3피트 반, 너비 3피트, 높이 2피트 반 정도의 것이었다. 징을 박고 궤 전체에 걸쳐 격자 모양을 한 연철 테두리가 십자형으로 견고하게 둘러 있었다. 뚜껑 양쪽에는 굵은 쇠고리가 셋 씩, 그러니까 도합 여섯 개가 있어 여섯 사람이 함께 들게 되어 있었다. 우리 셋에서 힘을 합쳐 들어보았지만 밑바닥이 겨우 움직였을 뿐이었다. 우리들의 힘으로는 도저히 꿈쩍도 하지 않을 것 같았는데, 다행히도 뚜껑은 이리저리 밀리는 빗장으로만 잠겨 있었다. 우리들은 불안과 기대로 가슴을 죄고 부들부들 떨며 빗장을 쑥 잡아뺐다.

그 순간 헤아릴 수 없을 정도로 수많은 진귀한 보물들이 번쩍거리며 우리들 눈앞에 나타났다. 등불의 불빛이 구덩이 속으로 쏟아지자 아무렇게나 틀어박혀 있던 황금과 보석들의 찬란한 광채로 우리들은 눈도 뜨지 못할 지경이었다.

내가 보물 상자 안을 들여다보았을 때의 느낌을 여기에 쓰지는 않겠다. 물론 놀라움이 제일 강렬한 것이었다. 레그랜드는 어찌나 흥분했던지 말을 한 마디도 하지 못했다. 주피터의 얼굴은 잠시 동안 죽은 사람처럼 새파랗게 질려 흑인의 얼굴빛이 이렇게까지 창백해질 수 있을까 싶을 만큼 창백해져 벼락이라도 맞아 정신을 잃은 사람처럼 보였다.

잠시 후에 그는 무릎을 꿇고 걷어 올린 팔뚝을 팔꿈치까지 보물 속에 파묻으며 마치 따뜻한 물속에 두 팔을 넣듯이 기분 좋은 그 순간을 느끼고 있었다. 마침내 그는 한숨을 깊이 내쉬며 중얼거렸다

"음, 그래. 그놈의 황금풍뎅이가 이런 복을 가지고 오다니! 어여쁜 황금풍뎅이! 아이고, 가엾어라. 그놈의 조그만 황금풍뎅이. 그걸 너는 욕만 했지! 이 흑

인 놈아, 부끄럽지도 않니? 대답 좀 해보라고!"

나는 두 사람의 흥분이 가라앉기를 기다리다 레그랜드와 주피터를 재촉하여 보물을 빨리 운반해야 한다고 주의를 주었다. 밤이 꽤 깊어졌으므로 날이 새기 전에 이 보물들을 집으로 운반하려면 급히 서둘지 않으면 안 되었다. 무엇부터 손을 대야 좋을지 알 수가 없어 방법을 토의하는 데 많은 시간이 걸렸다. 그만큼 우리들은 발견한 보물 상자에 흥분하고 있었던 것이었다.

결국 우리들은 보물을 3분의 2가량 꺼내서 궤짝을 가볍게 하여 겨우 구덩이 밖으로 끄집어낼 수가 있었다. 끄집어낸 보물은 가시덤불 속에다 감춰놓고 주피터에게 개와 함께 그곳을 지키고 있을 것과, 우리들이 돌아올 때까지 어떤 일이 있어도 그곳을 떠나지 말며, 또 짖지 말도록 명령했다.

레그랜드와 나는 급히 그 궤짝을 가지고 집으로 돌아왔다. 무사히 집으로 돌아오긴 했지만 무거운 궤짝 때문에 걸음이 더뎌 그의 집에 도착한 것은 밤 1시경이었다. 그리고 둘 다 너무 지쳤으므로 금방 돌아간다는 것은 도저히 할 수 없었다. 2시까지 집에서 쉬며 식사도 하고 나서 집에서 찾아낸 세 개의 튼튼한 자루를 가지고 다시 산으로 향했다. 4시가 되기 전에 또다시 그곳으로 가서 남은 보물을 세 등분해 나눠 들고 집으로 향했는데, 집에 돌아와 보물을 내려놓았을 때에는 동쪽 하늘이 훤해지며 먼동이 트기 시작했다.

우리들은 모두 완전히 녹초가 됐지만 흥분이 채 가시지도 않아 쉽사리 잠을 이룰 수가 없었다. 이럭저럭 너덧 시간쯤 눈을 붙인 다음, 다들 약속이나 한 듯이 벌떡 일어나 보물을 살펴보기 시작했다.

보물은 궤짝에 가득 들어차 있었으므로 그것을 조사하는 데에는 그날 하루 종일과 다음날 밤이 깊을 때까지 많은 시간이 걸렸다. 질서나 배열도 없이 모든 것이 뒤죽박죽이 된 채로 쌓여 있는 보물들을 종류별로 나눠보니 처음에 예상했던 것보다도 훨씬 많은 값어치를 지닌 것을 알게 되었다.

그 당시의 시세에 따라 대략 평가해 보았더니 현금으로는 사십오 만 달러 이상이 되었다.

은화는 한 개도 없었으며 전부가 고대의 각양각색의 금화뿐이었다. 프랑스, 스페인, 독일의 금화, 영국의 기니 금화가 약간, 그리고 한번도 보지 못했던 몇 종류의 화폐가 있었다. 몹시 닳아서 인각조차 뚜렷하지 않은 크고 무거운 화폐도 있었다. 미국 화폐는 하나도 없었다.

보석들은 평가하기가 더욱 곤란했다. 다이아몬드는 -그 중 몇 개는 아주 크고 훌륭했다.- 모두 일백열 개나 되었다. 번쩍이는 루비가 열여덟 개, 하나같이 아름다운 에메랄드가 삼백열 개, 그리고 사파이어가 스물한 개, 단백석이 한 개 있었는데, 이 보석들은 받침대에 놓여 있던 것이 아니라 궤 속에 뒤죽박죽으로 뒤섞여 있었고, 금화 속에서 나온 받침대들도 어느 보석의 것이었는지 분간할 수 없을 만큼 많이 있었다.

이 밖에도 순금의 장식품이 -거의 이백여 개나 되는 반지와 귀고리, 삼십여 개 가량의 순금 목걸이가 있었다. 여든세 개나 되는 큰 십자가, 다섯 개의 화려한 황금 향로, 포도 잎사귀와 주신(酒神)들의 모양을 화려하게 조각한 장식용의 커다란 술잔, 정교한 칼집, 그 밖에도 이제는 다 잊어버려 생각나지 않지만 자잘한 보물들이 수없이 많이 있었다. 보물의 전체 무게는 삼백오십 파운드 이상이었다.

게다가 나는 백아흔일곱 개의 굉장히 많은 수의 시계는 계산에 넣지 않았다. 그 중 세 개 정도는 한 개 값만 해도 오백 달러의 값어치는 충분했지만 대부분 너무 오래된 것이라 시계로서는 쓸모가 없었다. 세공도 다소 부식작용을 일으키고 있었다. 그러나 하나같이 보석이 많이 박혀 있었고 고가의 상자 속에 들어 있었다.

우리들이 그날 밤 궤짝 전체의 보
물을 대충 평가해 보니 백오
십만 달러 이상의 것이었다.
그런데 나중에 장식품과 보석
들을 조금씩 팔아본 결과 우리들
은 그마저도 과소평가했다는 것을 알게 되었다.

　겨우 대략적인 조사가 끝나고 격렬한 흥분도 좀 가
라앉을 무렵 레그랜드는 내가 이 기이한 수수께끼의
해답을 무척 알고 싶어하는 것을 보고 보물에 관한
모든 것을 자세히 설명해주기 시작했다.
　"자네 생각나나? 내가 자네에게 그 갑충의 모양을
그려 주던 날 밤 말일세. 그때 그 그림을 본 자네가
해골 같다고 해서 내가 화를 내지 않았나? 처음에 자
네한테 그런 말을 듣고 날 놀리는 줄 알았단 말이야.
잔등에 검은 점이 있으니까 그럴지도 모르지 하고 생
각했지. 그런데 그때 자네가 내 그림이 서툴다고 하
지 않았나. 나는 그림을 잘 그리는 편인데 그런 말을
듣고 보니 벌컥 화가 치밀더군. 자네가 나에게 그 양
피지 조각을 돌려주었을 때는 화가 치밀어 그것을 구
겨서 불속에 던지려고 했었지."
　"그 종이쪽지 말이지?"
　"아냐, 나도 처음에는 종이인 줄 알고 그 위에 그

림을 그리려고 했을 때 얇은 양피지
인 것을 안 거야. 무척 더럽지 않던
가? 그걸 구겨버리려고 한 순간에
자네가 해골 같다던 그 그림을 다시
보았네. 나는 갑충을 똑같이 그렸다
고 그린 건데 갑충은 간데없고 대신
해골을 발견했을 때에 놀란 모습은
자네도 보았을 걸세. 너무나 놀라 잠시 동안 나는 아
무것도 분간할 수가 없었네.

전체 윤곽에 있어선 비슷한 점도 있었지만 자세히
살펴보면 전혀 달랐지. 나는 곧 촛불을 들고 방 한구
석으로 가서 좀더 자세히 양피지를 조사해 보았네.
그런데 뒤집어보니 내가 그린 그림이 그대로 있지 않
겠나? 나는 의아하게 생각했지. 내가 갑충을 그린 뒷
면에 아까는 눈에 띄지 않던 해골의 그림이 있고 더
욱이 윤곽이라든가 면적까지 내가 그린 그림과 흡사
하다는 우연의 일치에 놀라지 않을 수 없었네. 이런
기묘한 우연에 난 사실 정신을 차릴 수가 없었지. 이
런 경우에는 누구든지 그랬을 걸세. 우리의 마음이라
는 것은 우연의 일치에 인과관계를 확인하려고 애를
쓰는데 그것이 잘 안 될 경우에는 일종의 정신적인
마비상태에 빠지게 되지. 그렇지만 내가 정신을 차렸
을 때에는 우연의 일치보다도 한층 더 나를 놀라게

할 만한 확신이 머리에 떠오른 것일세.

내가 양피지 뒷면에 갑충을 그릴 때에는 아무 그림도 없었던 것이 분명히 생각났지. 이건 틀림없어. 어느 쪽이 더 깨끗한가 하고 양쪽을 다 뒤집어 보았으니까 그때 만일 해골 그림이 있었으면 내 눈에 띄지 않았겠나? 어쩐지 이 점이 수수께끼 같았네.

이때 벌써 내 머릿속 깊은 곳에는 어젯밤의 탐험과 엄청난 행운을 안겨준 시초의 빛이 희미하게 비춘 것 같이 생각되었네. 나는 양피지에 대한 생각을 떨쳐버리고 나 혼자 있게 될 때까지 더 이상 생각하지 않기로 했지.

자네가 돌아가고 주피터마저 곯아떨어졌을 때 나는 이 사건을 본격적으로 연구해 보았네.

우선 양피지가 내 손에 들어오게 된 경로부터 생각하여 보았지. 우리들이 그 갑충을 발견한 곳은 이 섬으로부터 약 1마일 동쪽에 있는 본토의 해안이었는데 만조표의 조금 위 지점이었네. 내가 갑충을 붙잡으려다가 그놈이 꽉 깨물기에 그만 놓쳐버렸지. 평소에 조심성이 많은 주피터는 그놈을 나뭇잎 같은 것으로 붙잡을 양으로 주위를 두리번거리며 둘러보았네. 주피터와 내가 동시에 양피지 조각을 발견한 것은 바로 그 순간이었네. 난 그때 종이로만 알고 있었지.

한 귀퉁이만 조금 나와 있고 반은 모래 속에 묻혀

있었는데 그걸 발견한 근처에는 대형 범선의 선체 파편이 있었네. 그 난파선은 오랫동안 그곳에 있었던 것 같더군. 주위를 둘러봐도 난파선의 잔재 같은 건 찾아볼 수 없었거든.

어쨌든 주피터가 그 양피지 조각으로 갑충을 싸서 나에게 주었어. 그리고 곧장 집으로 돌아오는 길이었는데 도중에 G중위를 만났네. 내가 그 갑충을 그에게 보여주었더니 요새로 가지고 가서 잘 조사해보고 싶으니 빌려달라는 거야. 내가 그러라고 했더니 G중위는 내 마음이 변하기라도 할까 봐 양피지에 싸지도 않고 잽싸게 조끼 주머니에 집어넣더군. 자네도 알지만 곤충에 관한 일이라면 G중위도 물불을 가리지 않고 덤비는 사람이니까.

그가 갑충을 이리저리 살펴보는 동안 나도 모르게 그 양피지 조각을 주머니 속에 집어넣었던 모양이야.

집에서 갑충을 그리려고 책상으로 갔는데 늘 놓여 있던 곳에 종이가 없었어. 자네도 생각나지? 서랍 안에도 종이가 없었지. 헌 종이라도 있나 주머니 속을 뒤져 손에 잡힌 것이 바로 그 양피지였단 말일세. 양피지가 내 손에 들어온 경로를 이렇게 자세하게 설명하는 것은 그때의 상황이 나에게 깊은 인상을 주었기 때문일세.

필경 자네는 나를 공상적 인물이라고 생각할 걸세. 하지만 그때 나는 벌써 무언가 관련이 있다고, 두 개의 큰 사슬의 연결고리가 있을 거라고 믿었네.

　해안에는 부서진 배가 있고, 거기서 멀지 않은 곳에 양피지가 있었는데 거기에 해골이 그려져 있었다! 자네는 물론 어떤 연관성이 있느냐고 물을 걸세. 나는 단순히 해골은 누구나 다 알고 있는 해적의 표시라고 대답하겠네. 해골 깃발은 해적질을 할 때에 다는 거고.

　그 조각은 종이가 아니라 양피지라고 그랬지. 양피지는 잘 찢어지지 않지. 그래서 그림을 그리거나 글씨를 쓰거나 하는 평범한 목적에는 종이를 사용하지만 간혹 중요한 비밀은 양피지에 기록되는 법이지. 이렇게 생각하니 해골이 어떤 의미인지, 무슨 관계가 있는 것인지를 추측할 수 있었어. 그리고 나는 양피지의 모양에도 주의를 게을리 하지 않았지. 한쪽 구석이 떨어져 나가기는 했지만 원래의 모양이 장방형인 것을 알았네. 잊어버리지 않고 오래도록 보존해두어야 할 어떤 사실을 기록하는 비망록으로서 당연히 선택될 만한 좋은 양피지였다네."

　"그렇다면 말일세."

　내가 그의 말을 가로막았다.

　"자네가 갑충을 그릴 때에는 그 양피지에 해골 그

림은 없었다고 하지 않았나? 그렇다면 여보게, 자넨 갑충과 해골 사이에 어떤 연관이 있다고 보나? 그 해골은 자네도 인정하다시피 자네가 황금벌레를 그린 후에 나타난 것일 테니까."

"바로 그 점이야! 모든 수수께끼가 엉켜 있던 것은. 그렇지만 그 비밀을 푸는 것은 별로 어렵지 않다네. 나는 확실한 방법으로 유일한 결론을 얻을 수 있었지. 예를 들면 다음과 같이 추리했네.

내가 황금풍뎅이를 그렸을 때 양피지에는 분명히 해골 그림 따윈 없었네. 그리고 그림을 그려서 곧 자네에게 주고 자네가 나한테 돌려줄 때까지 나는 쭉 자네를 지켜보고 있었지. 물론 자네가 그걸 그린 것도 아니고 다른 누가 그릴 리도 없지 않은가? 그렇다면 그것은 인간이 한 일은 아니면서도 해골의 그림은 그려져 있었던 셈이 아니겠나?

여기까지 생각이 미치자 나는 바로 조금 전까지 일어난 일들을 모두 기억해 내려고 애를 썼지. 그날은 날씨가 유달리 추웠으므로 —그게 아주 드문 요행이었지!— 난로에 불이 활활 타고 있지 않았나. 나는 희귀한 황금풍뎅이를 잡아 흥분한 상태라 별로 춥지 않아 책상 옆에 앉았지만, 자네는 추워서 난로에 바짝 다가앉아 있었지? 내가 양피지를 주어 자네가 그것을 막 보려고 할 때 뉴펀들랜드종의 개 울프가 뛰어 들

어와 자네의 어깨 위로 막 기어오
르더군. 자네가 왼손으로 개를
쓰다듬어 주면서 옆으로 떼어
놓을 때 보니까 양피지를 든
오른손은 무릎 사이에 떨어
뜨린 채 불 근처에까지 가
있었어. 나는 그것에 불이 붙지나 않나 걱정이 되어
자네에게 주의시키려 했는데 다행히 그 전에 자넨 그
걸 살펴보기 시작했다네.

　이런 것들을 추리해 볼 때 양피지 위에 해골 그림
이 뚜렷이 나타난 원인은 불기운 외에는 없다는 것이
명백한 사실이지 않겠나? 열을 받았을 때에만 글자가
보이도록 종이나 피지(皮紙)에 처리하는 화학적 제제
법이 오랜 옛날부터 있었던 것은 자네도 잘 알 것일
세. 산화코발트를 왕수와 혼합해서 4배의 물로 희석
시켜 글씨를 쓰면 열을 가했을 때 초록색으로 나타나
지. 또 코발트피(皮)를 초석에 녹이면 빨간색이 되고
말이야. 이런 화학적 처리들은 빠르고 늦은 차이는
있지만 그 원료가 열이 식으면 없어졌다가 열을 가하
면 또다시 나타나는 법이지.

　그래서 조심스럽게 해골 그림을 조사해 보았네. 양
피지 끄트머리의 그림이 있는 부분은 다른 데보다는
뚜렷했어. 열의 작용이 불완전하거나 고르지 않았단

얘기지. 나는 곧 난로에 불을 지펴서 양피지의 모든 부분을 고르게 열을 가해 보았네. 처음에는 해골의 희미한 선이 또렷해졌을 뿐인데 계속했더니 해골이 그려져 있는 곳에서부터 대각선 방향의 끝 부분에 염소 그림 같은 것이 나타났네. 더욱 자세히 살펴보니 아무래도 새끼염소 같더란 말이야."

"하하하……, 자네를 비웃어서는 안 되겠지만……. 백오십만 달러는 비웃기에는 너무 큰 돈이니까. 하지만 사슬의 세 번째 고리가 도무지 어울리지 않는데 그래. 자네가 말하는 해적과 염소 사이에는 별로 관련이 없어 보이는군. 그 둘이 무슨 관계가 있겠나? 염소야 시골에 있는 것이지."

"나는 그 그림이 염소라고 하지 않았네."

"그래, 그럼 새끼염소라고 했었던가? 아무튼 같은 염소 아닌가?"

"거의 같지만 그렇다고 똑같은 것이 아니거든. 자네 키드 선장―유명한 해적으로 새끼염소는 영어로 '키드'라고 발음된다.―의 얘기를 들은 적이 있지? 나는 이 동물의 그림을 보자 대뜸 상형문자의 서명으로 추측했네. 양피지에 그린 위치가 힌트를 주었단 말일세. 그것과 대각선 위쪽 구석에 있는 해골의 그림도 마찬가지로 소인 혹은 봉인 같았네. 그러나 이런 것 말고 뭔가 다른 것이 있을 것이라 기대했던 내용이 없는 데에는 나도 그만 낙심하고 말았지."

"그럼, 자넨 봉인과 서명 사이에 내용이 있을 것으로 예상했나 보군그래?"

"물론 그랬지. 솔직하게 얘기하자면 어쩐지 큰 행운이 굴러들어올 것만 같았네. 왜 그랬는지 까닭은 몰랐지만 아무래도 확신보다는 일종의 희망이었을 거야. 그 갑충을 황금벌레라고 한 주피터의 과장된 표현이 내게 얼마나 많은 희망을 주었는지 그건 자네도 모를 걸세.

그러고 나서 연이어 나타난 사건들과 우연히 일치되었지. 이건 참 암만 생각해 보아도 이상하단 말이야. 이런 일이 왜 하필 일 년 삼백육십오 일 중에 꼭 그날 일어났으며 또 그날따라 불을 피워야 할 만큼 추웠느냐 말이야. 만일 불도 없었고 개도 뛰어 들어오지 않았더라면 나도 해골을 몰랐을 것이고 그런 보물을 얻을 줄이야 꿈엔들 알았겠나. 이게 참 신기하기 짝이 없단 말일세."

"그런 소리는 그만두고 어서 계속하게. 궁금해서 못 견디겠네."

"그래, 자네도 키드 선장과 그 부하들이 대서양 연안 어딘가에 보물을 파묻어 두었다는 여러 소문쯤이야 들었겠지. 이런 풍설은 사실 근거가 있었던 거야. 그리고 또 그 소문이 아직까지 없어지지 않고 계속된다는 것은 묻힌 보물이 그대로 있기 때문 아니겠나? 만일 키드가 그 약탈품을 일시적으로 감춰 두었다가 나중에 찾아갔다면 오늘날 우리들이 들었던 소문은 아니었을 거네. 자네도 알다시피 떠도는 소문에는 모두 보물을 찾아다니는 사람들의 얘기뿐이지 어디 보물을 찾았다는 사람의 얘기던가? 만일 해적들이 보물을 찾아갔다면 소문은 그만 사라졌을 걸세.

어떤 사건, 말하자면 보물지도를 잃어버린 것과 같은 사건이 일어나 보물을 찾아내지는 못하고 보물에 대한 얘기만 부하들에게 전해진 것 같아. 그렇지 않다면 보물이 감춰져 있다는 것조차 아무도 몰랐을 거야. 부하들은 그것을 찾으려고 했겠지만 보물지도가 없는 한 헛수고만 하게 되어 소문의 씨만 무성하게 뿌린 게 되는 거지. 자네는 해안에서 보물을 찾았다는 소문을 들은 적이 있나?"

"전혀 없어."

"그렇지만 키드의 숨겨진 보물이 막대하다는 것은 세상이 다 아는 사실일세. 그래서 나는 여전히 땅속에 보물이 묻혀 있을 거라 생각했다네. 그리고 우연히 손에 들어온 그 양피지에 보물의 행방이 기록되어 있을 것이라고 하는 확신에 가까운 희망을 갖게 되었다고 해도 자네는 이제 이해할 걸세."

"그건 그렇고, 그 다음에 어떻게 되었나?"

"불기운을 세게 하여 양피지를 쬐어보았지만 아무것도 나타나지 않았어. 혹시 더러운 때가 묻어 있어서 그럴지도 모른다는 생각이 들었네.

그래서 양피지 위에 따뜻한 물을 가만가만 부으며 살살 씻어서 냄비 속에다 해골의 그림이 있는 쪽을 아래로 놓고 냄비를 숯불 풍로 위에 올려놓았다네.

몇 분이 지나 냄비가 후끈후끈 달구어졌을 때 양피지를 꺼내보았더니 아, 글쎄, 그땐 정말 기뻤다네! 몇 줄의 숫자 같은 것이 여기저기 나타나지 않겠나? 그래서 냄비 속에 넣고 한번 더 잠깐 두었다가 꺼내보니까 지금 자네가 보고 있는 그대로 나타났다네."

이렇게 말하면서 레그랜드는 양피지를 데워서 잘 보라며 나에게 건네주었다. 양피지에는 다음과 같은 숫자나 기호들이 해골과 새끼염소 사이에 붉은 빛으로 희미하게 보였다.

53‡‡†305))6*;4826)4‡.);806*;48†8¶60))
85;]‡(;:*8†83(88)5*†;46 (;88*96*?;8)*‡
(;485);5*†2:*‡(;4695*2 (5*—4) 8¶8*;40692

85);)6†8) 4‡‡;1 (‡9;48081;:8‡1;48†
85;4)

485†528806*81(‡9;48;(88;4(‡;161;:188‡?;

"그래도 나는 여전히 뭐가 뭔지 모
르겠군. 이 수수께끼를 풀어내면 골
콘다(다이아몬드 산출로 유명한 인도
지방)의 보석을 몽땅 준다 하더라도
난 도저히 풀 수 없겠는데 그래."

"아냐, 생각보다 그렇게 어렵지 않아. 보다시피 이
것들은 암호일세. 다른 말로 하면 어떤 의미를 가지
고 있는 거야. 그러나 키드 선장에 대해서 알려진 것
으로 미루어 보아 그가 그렇게 어려운 암호문을 만들
위인이라고 생각되지는 않았네. 나는 한눈에 이까짓
것쯤이야 간단한 암호문이라고 생각했지. 하긴 뱃사
람들의 둔한 머리로는 열쇠가 되는 단어 없이는 풀
수가 없겠지만 말이야."

"그래, 자네는 곧 풀었단 말인가?"

"그럼. 이보다 훨씬 더 어려운 것도 푼 적이 있는
데. 나의 환경과 두뇌의 영향으로 이런 종류의 암호를
푸는 데 흥미를 가지고 있었지. 더욱이 인간의 지혜로
만들어진 수수께끼라면 같은 인간의 지혜를 발휘하여
풀리지 않을 리가 없지 않은가? 연관이 있는 숫자를

하나 찾아내기만 하면 그 다음에 무엇이 있으리란 것을 예상하는 것쯤은 별로 어렵지 않다네.

어떤 비밀문서도 다 그렇겠지만, 이 경우에 있어서도 첫 번째 문제는 암호가 어느 나라 말로 되어있나 하는 것일세. 왜냐하면 해석의 원칙상 특히 간단한 암호에 관한 한, 그 나라 말의 특성에 따라 이렇게도 되고 저렇게도 해석이 되는 것이니까. 일반적으로 문제의 나라 말을 찾아낼 때까지는 알고 있는 나라의 말들을 하나하나 개연율로 실험해 보는 것 외엔 다른 방법은 없는 거지.

그렇지만 이번 경우에는 서명이 있었으니까 그런 곤란은 없어진 셈이지. '키드'라는 동음이의어를 사용하는 건 영어 외에 다른 국어에 있어선 통하지 않거든. 이 서명이 없었다면 나는 아마 스페인어 혹은 프랑스어로 암호를 풀기 시작했을 거야. 그것은 스페인 출신의 해적이 이런 종류의 비밀을 기록할 때 이 두 나라 말 가운데 하나를 썼을 가능성이 많기 때문일세. 하지만 키드라는 서명이 있었기 때문에 나는 이 암호문이 영어로 된 것이라고 단정했다네.

자네도 암호문을 보다시피 단어와 단어 사이에 구분이 전혀 없지? 나누어져만 있었어도 일은 비교적 쉬웠을 텐데. 그럴 때는 우선 짧은 단어의 대조와 분석부터 시작하는 거지. 그리고 이건 흔히 있는 일이지만 만일 단문자의 단어가 예를 들면 a라든가, i자가 나오면 그땐 벌써 해석은 문제없는 게 되지. 그러나 이 경우에는 구분된 구절이 없었으므로 내 최초의 작업은 제일 많이 나온 부호와 제일 적게 나온 부호를 찾는 것이었네. 모든 부호를 세어서 다음과 같은 표를 만들었지.

8 – 33개

; – 26개

4 – 19개

‡) – 16개

* – 13개

5 – 12개

6 – 11개

†1 – 8개

0 – 6개

92 – 5개

:3 – 4개

? – 3개

¶ – 2개

– – 1개

그런데 영어에서 제일 많이 나오는 알파벳은 e일세. 그 다음에는 a o i d h n r s t u y c f g l m w b k p q x z 의 순서로 나오네. e는 아주 많이 쓰

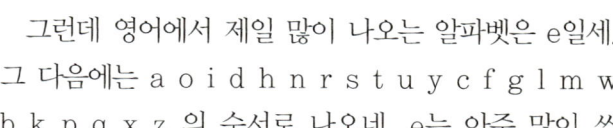

이기 때문에 짧은 글에도 제일 많이 나오지.

이렇게 해서 나는 손도 대기 전에 벌써 추측 이상의 확실한 기초작업을 했던 것일세. 이 표가 일반적으로 사용되는 것은 말할 것도 없네만, 이 암호에 있어서는 일부분만 사용하면 되는 거야.

가장 많이 나온 것은 8자니까 우선 이것을 제일 많이 나오는 알파벳의 e에 해당한다고 가정하고 착수하세. 이 가정을 확실하게 하기 위하여 8이 중복되어 나타나는 것을 살펴 보게. 왜냐하면 영어에 해당하는 e가 빈번히 두 개씩 계속해서 나오거든. 예를 들면 meet, fleet, speed, seen, been, agree와 같은 단어같이. 그런데 여기서는 암호가 짧은데도 불구하고 그것이 다섯 번 이상이나 중복되고 있단 말일세.

그러니 8을 e라고 가정하세. 영어의 모든 단어 중에서 제일 흔한 것은 the야. 그러므로 8로 끝나면서 세 개로 된 글자가 얼마나 되는지를 살펴보세. 만일 그런 글자가 반복된다면 그야말로 the를 나타낸다고 봐도 좋을 테니까. 조사해 보니 그렇게 배열된 것이 일곱 개 있고 그 기호는 ;48이더군. 그래서 ;는 t를, 4는 h를, 8은 e를 의미한다고 가정을 한 거지. 이렇게 해서 일대 비약을 하게 된 셈일세.

이렇게 하나의 단어가 결정되면 그걸로 더욱 중요한 점, 즉 다른 단어의 어두와 어미를 알 수가 있네.

예를 들면 ;나 4나 8로 결합된 글자들 중에 ;(88;4
를 살펴보기로 하세. ;48 바로 다음에 있는 ;는 어
떤 단어의 어두라는 것을 알 수 있지 않나? 그리고
다음에 계속되는 여섯 가지 부호 중에서 다섯까지는
알아낸 셈일세. 그럼 아직 모르는 것을 점으로 찍고
알 수 있는 부호만 알파벳으로 고쳐 보세.

   t · eeth

 이때 th는 t로 시작되는 단어의 한 부분이 되는 법
은 없으니까 th를 제쳐놓아도 상관없을 것일세. 이
공간에 넣을 글자로 알파벳 전부를 뒤져보아도 이 th
가 단어의 한 부분으로 될 만한 단어는 도저히 만들
수가 없더군. 그러니 이와 같은 th를 떼어버리고

   t · ee

로 줄일 수가 있지. 그런 다음에 알파벳을 차례차
례 집어넣어 본 결과 유일하게 가능한 것으로 tree라
는 단어를 찾을 수 있었네. 이와 같이 (로 표시된 곳
에는 r이라는 또 하나의 알파벳을 알게 되어 the
tree라는 단어가 되는 거야. 이 단어의 조금 뒤에 보
면 ;48의 결합이 눈에 띄네. 곧 그 전에 없는 단어의
어미에 붙은 단어로 생각하고 사용해 보세. 그러면
이런 배열이 되네.

   the tree ;4 (‡?34 the

 여기에 이미 아는 알파벳을 집어넣으면 다음과 같아.

the tree thr‡ ? 3 h the

자, 다음에는 아직 모르는 글자 자리에 점을 찍으
면 다음과 같네.

the tree thr…h the

그러면 through라는 단어가 연상될 걸세. 그리고
이것으로 ‡, ?, 3으로 표시된 o, u, g의 세 알파벳
을 우리에게 가르쳐 주는 걸세.

다음에는 이미 우리들이 알고 있는 글자의 결합을
자세히 보면 암호문 첫머리에서 그리 멀지 않은 부분
에 이런 배열이 눈에 띄네.

†83(88 즉 ﹂egree

이것은 보나마나 degree라는 단어의 뒷
부분이고 †가 d를 표시함을 알 수 있지.

degree부터 네 글자 다음에 이런 결합이
눈에 띄지.

; 46 (; 88*

아는 기호를 알파벳으로 바꿔놓고 모르는 것은 점
으로 찍어두면 다음과 같이 되네.

th ﹂rtee ﹂

이 배열은 한번에 thirteen이라는 단어를 암시하
고, 6과 *로 표시된 것은 i와 n임을 알 수 있었네.

이번에는 암호의 제일 처음을 보면 다음과 같은 결
합이 눈에 띄지.

53‡‡†

앞서와 같이 풀어 보면,

  · good

을 발견할 수 있고, 이것은 최초의 글자가 a고 최초의 두 단어가 a good임을 확증하지.

혼란을 피하기 위하여 판명된 것만을 정돈해 보면 다음과 같네.

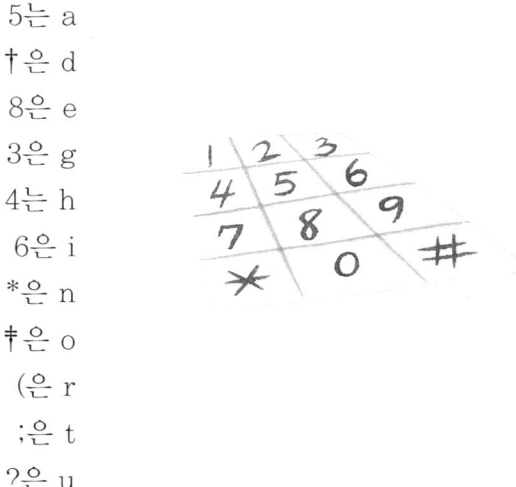

  5는 a

†은 d

  8은 e

  3은 g

  4는 h

  6은 i

*은 n

‡은 o

  (은 r

  ;은 t

  ?은 u

이렇게 해서 가장 중요한 글자 11개를 발견한 셈인데, 해석하는 방법을 더 이상 세밀하게 얘기할 필요는 없을 것 같네. 이런 종류의 암호는 문제없이 풀 수 있다는 것을 자네에게 납득시키는 동시에 그 해석법의 논리적 근거를 충분히 자네에게 얘기한 셈일세.

이런 암호문은 극히 간단한 종류에 속하는 거지. 그렇게 해서 해석된 양피지 암호의 전문을 자네에게 보여 주겠네. 자, 보게.

A good glass in the Bishop's hostel in the devil's seat forty-one degrees and thirteen minutes northeast and by north main branch seventh limb east side shoot from the left eye of the death's-head a bee-line from the tree through the shot fifty feet out.
(비숍의성의도깨비의자의좋은안경북동
미북사십일도삼십분주간제칠지동쪽해
골의왼눈으로부터쏜나무에서직선으로
착탄점을지나바깥오십피트)

"아직도 잘 모르겠는 걸. '도깨비 의자'라든가 '비숍의 성' 등의 말에 무슨 의미가 있단 말인가?"
"그렇지, 얼른 봐서는 이해하지 못할 것일세. 나는 우선 이 문장을 암호를 만든 사람처럼 구절을 나눠보았네."
"구두점을 달았단 말이지?"
"그 비슷한 거지."
"하지만 어떻게 구두점을 알 수 있단 말인가?"

"키드 선장이 구절을 구분할 수 없게 한 것은 암호를 풀기 어렵게 하기 위해서라고 생각했네. 그러나 머리가 그다지 좋지 못한 사람이 그런 짓을 하려다가는 오히려 지나치게 하는 법이지. 문장 중에 끊거나 구두점을 찍어야 할 때 오히려 더 붙여 썼더군. 이 암호문에도 지나치게 붙어 있는 다섯 군데를 발견했네. 이 힌트에 따라 나는 다음과 같이 문장을 끊어 보았지.

비숍의 성 도깨비 의자의 좋은 안경
사십일도 삼십분 북동 미북 주간 제칠지 동쪽
해골의 왼눈으로부터 쏜
나무에서 직선으로 착탄점을 지나
바깥 오십 피트

"그렇게 띄어 써도 여전히 모르겠는 걸?"
"나 역시 마찬가지였지. 며칠 동안 나는 설리반섬 부근에 '비숍의 성'이라는 집이 있나 하고 열심히 찾아다녔네. 물론 '저택(hostel)'이라는 케케묵은 단어는 집어치우고 '호텔'이라고 생각하고 찾아보았지. 그래도 도무지 알 수가 없어 수색 범위를 확대하여 더 조직적인 방법으로 진행시켜 보려고 했었네.
그러던 어느 날 돌연히 이런 생각이 떠올랐어. 이 섬으로부터 4마일쯤 북쪽으로 떨어진 곳에 옛날부터

전해 내려오는 '비숍(주교)'이라는 이름의 고성이 있
었는데, 베소프라는 오랜 가문의 집안과 무슨 관계가
있지 않나 하는 생각 말일세. 나는 곧 그 농장으로
가서 나이 든 흑인들에게 여러 가지로 물어보았네.
그 중에 노파 한 명이 말해 주기를, 베소프 성(城)이
라는 이름을 들은 적이 있고 안내할 수도 있는데 그

것은 성도 아니고 호텔도 아니며 단지 하나의 높은 바위라는 것이었네.

안내만 해주면 후하게 사례하겠노라고 하니까 노파는 잠깐 머뭇거리더니 나를 데리고 가 주었다네. 별로 고생하지 않고 그곳을 찾았으므로 노파를 보내고 나 혼자서 그곳을 조사해 보았네. '비숍의 성'이라는 것은 절벽과 바위가 아무렇게나 모여서 된 것이었고 그 중 바위 하나는 툭 비어져 나와 높이 서 있어서 고립되어 있는 모습 때문에 다른 것보다는 눈에 띄었네. 나는 이 바위 꼭대기까지 올라갔는데 그 다음에는 무엇을 해야 좋을지 몰라 막막하게 서 있었지.

이모저모 궁리하며 주변을 돌아보다 내가 서 있던 바위 꼭대기에서 1야드 가량 아래에 있는 바위의 동쪽 면으로 툭 튀어나온 좁은 선반 같은 바위를 보게 되었지. 이 바위 선반은 약 18인치쯤 튀어나왔고 넓이는 겨우 1피트에 지나지 않았지만 그 윗부분이 움푹 들어간 모양은, 꼭 우리의 조상들이 사용하던 등이 움푹 패인 의자와 어느 정도 비슷했다네. 이거야말로 암호에 나오는 '도깨비 의자'가 틀림없으리라고 생각했지. 그때는 이미 내가 수수께끼의 전부를 풀 수 있을 거라는 확신을 가졌어.

'좋은 안경'이라 함은 망원경을 말하는 것이지. '안경'이라는 것을 뱃사람들 사이에서는 다른 뜻으로 사용되지 않을 테니까. 그래서 망원경을 사용하여 조그마한 변경(邊境)도 허락지 않는 일정한 관측점을 의미한다는 것을 알 수 있었지. '사십일 도 삼십 분'이라든가, '북동미북'이라든가 하는 구절은 망원경의 조준점을 의미하는 거라고 확신했네. 수수께끼를 풀어나가며 용기를 얻은 나는 급히 집에 돌아와 망원경을 들고 또다시 바위로 올라갔었지.

나는 돌 선반으로 내려가 보았는데 일정한 자세를 취하지 않고서는 도저히 앉을 수 없다는 것을 알았네. 이 사실은 내 추리를 더욱 굳게 해주었지. 그리고 '사십일 도 삼십 분'이라는 것은 수평선의 방향이 '북동미북'이란 말로 똑똑히 표시되어 있으니까 수평선상의 고도를 표시하는 것임에 틀림없을 것이고. 이 수평선의 방향은 회중용 자석으로 곧 알 수 있었지.

그 다음은 대강 추측하여 사십일 도의 앙각(仰角)을 찾아 망원경을 조심스럽게 올렸다 내렸다 했더니 저쪽 하늘 아래 높이 우거진 나무 숲 사이에서 불쑥 솟아나온 한 그루의 큰 나무가 있고 그 나뭇가지 사이에 둥근 틈, 즉 공간이 있는 것이 눈에 띄었네. 이 틈에서 흰 점을 발견했는데 처음에는 그것이 뭔지 도무

지 알 수 없었지. 망원경의 초점을 조절하면서 들여
다보았더니 그것은 사람의 해골이었다네.

이 발견으로 나는 수수께끼가 다 풀린 것으로 믿어
의심치 않았지. 왜냐하면 '주간제칠동쪽'이란 문구는
나무 위의 해골의 위치를 가리키는 말이고 또 '해골'
의 왼눈으로부터 쏜다는 것은 묻힌 보물의 장소에 관
한 해석일 테니까.

총알이 떨어진 장소인 '착탄점'을 지나 나무 기둥
에서 제일 가까운 곳으로부터 줄을 긋고 다시 오십
피트 거리까지 연장된 '직선'이야말로 어느 지점을
표시하는 것임을 나는 확신했네. 그리고 그 지점 아
래에 보물이 감추어져 있으리라고 믿었지."

"자네 생각은 하나같이 명쾌한 것뿐일세그려. 그래
서 '비숍의 성'을 떠난 다음에는 어떻게 했나?"

"나무 생김새를 주의깊게 잘 기
억해두고 집으로 돌아왔지. 그런데
말이야, 내가 '도깨비 의자'를 떠
나자마자 그 둥근 틈이 없어지는
것이 아니겠나. 몇 번 뒤돌아 보았
지만 조금도 보이지 않는 거야. 이
수수께끼 전체에서 제일 교묘하다고 생각되는 것은
나뭇가지 사이의 빈 공간이 '도깨비 의자'의 좁은 선
반 말고는 어떤 곳에서도 보이지 않는다는 사실이라

네. 나는 여러 번 그걸 실험해 보았지만 매번 그 '도깨비 의자'에서만 보이더군.

'비숍의 성'에 갔을 때에는 주피터도 데리고 갔었지만, 아마 그 녀석은 여러 주일 동안 내가 말도 없이 멍하니 돌아다니고 있어 내 행동들이 이상했는지 날 그대로 두면 안 되겠다고 생각했나 봐. 그래서 다음날은 새벽같이 일어나서 나 혼자만 살짝 집을 빠져나와 그 나무를 찾으러 갔네. 고생을 단단히 한 끝에 겨우 그걸 찾기는 했네만 집에 돌아왔더니 주피터가 나를 혼내겠다고 야단이더군. 그 다음의 탐험은 자네도 잘 알 테지."

"이건 내 생각인데 맨 처음에 땅을 잘못 판 것은 주피터가 그 갑충을 해골의 왼쪽 눈이 아니라 오른쪽 눈으로부터 떨어뜨려서 그런 것이었나?"

"바로 그래. 그 실수로 말미암아 '착탄점'에, 즉 나무에서 제일 가까운 말뚝의 위치에서 2인치 반의 오차가 생긴 거지. 그리고 만일 보물이 '착탄점'의 바로 아래에 묻혀 있었다면 그 정도의 오차야 상관없었겠지. 하지만 나무의 제일 가까운 곳과 이 '착탄점'은 직선의 거리를 표시하는 것이라 처음에는 이 오차가 크지 않아도 오십 피트를 연장한 후엔 굉장히 멀리 떨어지는 거리가 된 것이지. 보물이 이 부근 어딘가에 분명히 묻혀 있으리라는 신념이 나에게 없었더라면 우리들은 헛수고만 했을 거네.

해골에 대한 착안점, 해골 눈으로 총알을 떨어뜨린다는 착안점 말일세. 키드 선장이 해적의 깃발을 보고 아이디어를 얻은 것이라고 보고 여기서 난 일종의 시적 조화(詩的調和)를 느꼈다네."

그의 말에 내가 이의를 제기했다.

"어떻게 생각하면 그럴 수도 있겠지. 그러나 시적 조화 못지않게 키드 선장의 상식도 이 수수께끼에 관련이 있을 수 있지. '도깨비 의자'로부터 그 작은 표적이 보이려면 흰빛의 물건이 아니면 안 될 거야. 그뿐만 아니라 날씨가 어떻든 간에 변함없이 흰빛이어야 하고 시간이 갈수록 더욱 희게 빛나는 것은 사람의 해골 이상 가는 것이 없거든.

그건 그렇고, 자네의 과장된 말투라든가 갑충을 휘두르던 꼴은 정말 괴상했어! 난 자네가 미친 줄만 알았지 뭔가. 그리고 또 자네는 왜 해골에서 총알이 아니라 갑충을 떨어뜨리겠다고 했나?"

"솔직히 얘기하면 자네가 나를 미친 사람 취급하기에 약이 좀 올랐지. 그래서 일부러 사건을 오리무중 속으로 빠뜨려 자네를 곯려주려고 한 걸세. 그래서 괜히 갑충을 휘두르기도 하고 나무에서 떨어뜨리기도 한 것인데, 나무에서 갑충을 떨어뜨린 것은 황금풍뎅이가 무척 무겁다고 한 자네의 말에서 힌트를 얻은 거라네, 이 사람아."

"응, 그런 건가? 이제 알겠네. 하지만 이것은 아직
도 모르겠는 걸. 우리들이 구덩이를 팔 때 나온 사람
뼈다귀들은 무엇인가?"

"그것은 나도 좀 미심쩍기는 하지만 이렇게 추측해
볼 수 있지 않을까 하는데……. 하지만 내가 추측하
는 것 같은 끔찍한 행위가 있었다면 정말 무서운 일
일세.

키드 선장이, 정말로 키드가
이 보물을 감췄다면 이 일에
여러 사람을 썼을 것만은 틀
림없지. 하지만 이 비밀은
자기 혼자만 알고 있어야 했
어. 그래서 보물을 파묻는 일이 끝
나자 이 일에 참가한 사람들을 없애버리는 것이 상책
이라고 생각했겠지. 그의 부하들이 구덩이 속에서 부
지런히 일을 하고 있을 때 곡괭이로 두어 번만 내리
치면 충분했을 테니까. 아니면 한 열 번쯤 후려쳐야
했을까? 그야 알 수 없는 일이지만."

에드거 앨런 포우 (Edgar Allen Poe) (1809~1849) 미국의 시인, 소설가, 비평가

포우는 1809년 1월 19일 미국 매사추세츠 주 보스턴에서 태어났다. 포우의 아버지는 법률을 공부하였지만 연극에 매료되어 배우로 노스캐롤라이나 찰스턴에서 첫 무대에 서고 엘리자베스 홉킨스와 결혼한다. 1810년 행방을 감춘 남편 대신 생계를 위해 과로하던 포우의 어머니는 24세의 젊은 나이에 죽는다. 포우는 존 앨런 (포우의 대부로 추정)부부에게 맡겨져 1815년 영국으로 건너갔다가 1820년 7월에 미국 뉴욕으로 돌아온 뒤 버지니아 대학 등에서 공부했다. 1830년 육군사관학교에 입대했으나 양부와의 불화로 1년 만에 퇴교당한다.

1827년 처녀시집 'Tamerlane and Other Poems'를 출판했다. 1833년 10월 '병 속의 편지(MS. Found in a Bottle)'가 콘테스트에서 최우수상을 받았다. 26세의 나이로 당시 13세의 어린 버지니아와 결혼한다. 그는 'Grahams Ladys and Gentlemans Magazine' 편집장이 되고 최초의 추리소설인 '모르그가의 살인 사건(The Murder in the Rue Morgue)'을 그 잡지에 발표한다. 1845년 '뉴욕 미러'지에 시집 '갈가마귀(The Raven and Other Poems)'와 '이야기(Tales)' 선집을 내면서 작가로서의 명성을 얻기 시작한다. 아내 버지니아가 24세의 젊은 나이로 죽자 1848년 7세 연상의 사라 헬렌 휘트먼 부인에게 청혼하지만 부인 가족의 반대로 무산된다. 그 후 알콜 중독과 가난에 시달리다 1849년 40세의 나이로 삶을 마감하였다.

대표작으로는 《윌리엄 윌슨 William Wilson》《어셔 가의 몰락 The Fall of the House of Usher》《붉은 죽음의 가면 The Mask of the Red Death》《마리 로제의 수수께끼 The Mystery of Mary Roget》《황금벌레 The Gold-Bug》《검은 고양이 The Black Cat》《고자질하는 심장 The Tell Tale Heart》《함정과 추 The Pit and the Pendlum》와 《애너벨리 Annabel Lee》라는 유명한 시가 있다.

헨리 - 마지막 잎새 크리스마스 선물 20년후 경관과 찬송가 시
와 농부 인생은 연극이다 붉은 추장의 몸값 사랑의 심부름꾼 운
의 길 잘 손질된 램프 모파상 - 목걸이 비곗덩어리 테리에 집
르 삼촌 의자 고치는 여인 두 친구 포우 - 검은 고양이 어셔
의 몰락 도둑 맞은 편지 모르그 가의 살인 사건 황금벌레 톨스
이 - 사람은 무엇으로 사는가 바보이반 두 노인 불은 놓아두면
지 못한다 사랑이 있는 곳에 신도 있다 노신 - 아Q정전 광인 일
고향 공을기 약 명일 모파상 - 귀여운 여인 다락방이 있는
상자 속에 든 사나이 개를 데리고 다니는 여인 약혼녀 알퐁스
데 - 별 마지막 수업 산문으로 쓴 환상시 노인들 당구 스갱
의 산양 크리스마스 이야기 코르니유 영감의 비밀 치즈가 든 수프
지막 책 알제리 저격병 거울 세 번의 경고 알튈 교황님이 돌아
셨다 조그만 파이 프랑스의 요정 8호 막사의 음악회 O. 헨리 -
지막 잎새 크리스마스 선물 20년후 경관과 찬송가 시인과 농부
생은 연극이다 붉은 추장의 몸값 사랑의 심부름꾼 운명의 길 잘
질된 램프 모파상 - 목걸이 비곗덩어리 테리에 집 쥘로 삼촌
자 고치는 여인 두 친구 포우 - 검은 고양이 어셔 가의 몰락
둑 맞은 편지 모르그 가의 살인 사건 황금벌레 톨스토이 - 사람
무엇으로 사는가 바보이반 두 노인 불은 놓아두면 끄지 못한다
랑이 있는 곳에 신도 있다 노신 - 아Q정전 광인 일기 고향 공을
약 명일 모파상 - 귀여운 여인 다락방이 있는 집 상자 속에
- 사나이 개를 데리고 다니는 여인 약혼녀 알퐁스 도데 - 별 마
막 수업 산문으로 쓴 환상시 노인들 당구 스갱 씨의 산양 크리
마스 이야기 코르니유 영감의 비밀 치즈가 든 수프 마지막 책
제리 저격병 거울 세 번의 경고 알튈 교황님이 돌아가셨다 조
만 파이 프랑스의 요정 8호 막사의 음악회 O.헨리 - 마지막 잎
크리스마스 선물 20년후 경관과 찬송가 시인과 농부 인생은

국어과 **선생님**이 뽑은

한국문학읽기
세계문학읽기
한국고전읽기